イーブン

村上しいこ

小 学 館

イーブン

もくじ

1　空き巣泥棒《どろぼう》の背中《せなか》

――パリン。

どこか遠くで、ガラスのわれる音がした、ような気がした。

そのときあたしはまだベッドの中で、夢《ゆめ》とうつつのあいだを、うっとりとさまよっていたのだけど。

――ガシャン。

さすがにこの音で、あたしはリードで引きずられるプードル犬のように、現実《げんじつ》の世界に引き戻《もど》された。

一階で、なにかが起きている。

ベッドの上に起きあがったはいいけど、さてどうしようか迷《まよ》った。

パパの暴力《ぼうりょく》がよみがえり、ドキッと緊張《きんちょう》したけど、パパはもう一緒《いっしょ》には住んでいないし、法律《ほうりつ》上はこの家の周囲何メートルだかには、近づいてはいけないことになってる。

ママがなにかを床《ゆか》に落としてわった？

あるいは壁《かべ》に投げつけて？

いや、ママはもう仕事に行って家にはいないはずだし、物を投げつけて気を静めるなんてパパみたいなこと、とても彼女《かのじょ》のプライドが許《ゆる》さない。

地震《じしん》でないのも確《たし》かだ。

と、すれば、あと考えられるのは、いちばん考えたくないこと。

空き巣泥棒《どろぼう》。

ありえないような最悪のことも、ときには起こりうるのだと教えてくれたのは、パパとママだ。

今、離婚《りこん》を選択《せんたく》したその二人に、感謝《かんしゃ》しているヒマはない。

どうする、あたし。

武器《ぶき》を持って戦《たたか》うのもアリだけど、部屋にあって役に立ちそうな物は……卓球《たっきゅう》用のラケット。

勝ち目はないか。

ならば、逃《に》げなきゃ。

しかし、どうやって。

ここは一軒家《いっけんや》の二階で、窓はあっても、伝って降《お》りられるような足場はない。

となると、追い払《はら》うしか選択肢《せんたくし》は残っていない。

どうやって？

パニックにならずに、淡々《たんたん》と物事を考える能力《のうりょく》を与《あた》えてくれたのはママだ。

スマホを手にあたしはベッドにもぐって、自宅《じたく》に電話をした。そう、あたしが今いるこの家の一階に。

リビングにある固定電話機は、めったに鳴らないけどママの仕事には不可欠《ふかけつ》らしい。

五回コールして留守番《るすばん》電話に切り替《か》わった。

落ち着け、あたし。

深呼吸《しんこきゅう》、一回。

意識《いしき》して、強く明るい声で話しかけた。

「あ、ママ。もうすぐパパと家につくから……あれ、どこいってんの？　もううち、見えてきたよ」

リビングの電話機のスピーカーから、あたしの声が流れてるはず。一度しか使えないだましのテクニックかもしれないけど、なにもしないよりマシ。

頼《たの》むからだまされて！

もちろん電話を切ってすぐ、110番した。

「なにかありましたか？」

冷静な男性《だんせい》の声が呼《よ》びかけてくる。

「今二階にいます。一階から変な音がして。泥棒《どろぼう》かもしれない。怖《こわ》いです」

「落ち着いて。住所と名前を教えてください」

「住所は希望《きぼう》ヶ丘《がおか》団地《だんち》三の七。名前は美桜里《みおり》です。美しいに、桜《さくら》……」

「そうではなく、名字です」

落ち着いているつもりでも、焦《あせ》ってたみたい。

「名字は、ああ、どっちだろ……」

「なにを迷《まよ》っているんですか？」

「パパがいたときは、今原って名字だったけど、離婚《りこん》しちゃって」

「離婚《りこん》……」

「はい。パパがDV《ディブイ》で追い出されちゃった、みたいな。それで、ママは日野って名字なんだけど。あたしも今は、日野を名乗ってますけど、警察《けいさつ》的には、どっちなんだろう？」

「わかりました。とにかく、もうそちらに向かっていますので、できるだけ安全な場所に身を隠《かく》しておいてください」

ベッドから顔だけ出すと、あたしは気配をうかがった。

物音や人の気配はない。二階へ上がる足音もない。

逃《に》げたかな？

窓《まど》に寄《よ》り、カーテンの陰《かげ》から外をのぞくと、駐車《ちゅうしゃ》スペースから男がそっと出てきた。直感だけど、そいつが泥棒《どろぼう》だと思った。

白のジャンパーに、ジーンズ。やせ型。身長百六十センチくらいで、小柄《こがら》で長髪《ちょうはつ》。

男は通りをうかがうと、サッと走り出した。

なんだ、あの背中《せなか》？

ジャンパーの背中《せなか》に、カレーライスのイラストがプリントしてあった。


「スマホ持ってるくせに、どうして写真を撮《と》らなかったの」

「そんな余裕《よゆう》ないよ。てか、娘《むすめ》の心配よりそっちなんだ」

「まあまあ、もめないで。とにかくカレーライスのイラストが入ったジャンパーを着ていたんですね」

あたしとママは、久《ひさ》しぶりに利用するリビングのライムグリーンのソファで、刑事《けいじ》さんたちから事情《じじょう》を聞かれていた。生まれてはじめて、警察《けいさつ》手帳を見た。

L字型に置いてあったソファを移動《いどう》させ正面にすわったのは、テレビドラマなら、さえない脇役《わきやく》で出てきそうなおじさん刑事《けいじ》。

「どんなカレー?」

「どんな?」

冗談《じょうだん》なのか、まじめな質問《しつもん》なのか、はかりかねていたら、後ろに立つ若《わか》い刑事《けいじ》さんが脇《わき》役《やく》デカの肩越《かたご》しに、iPad《アイパッド》を差し出した。

「こんなのかな?」

画面に並《なら》ぶ服にはどれも、お皿にのったカレーライスがプリントしてあった。

リアルなのから、グラフィックぽいのまで。

それっぽいのもあったけど、一致《いっち》する画像《がぞう》はない。

「もう少し、イラストっぽかったかな……。スプーンもついてた」

「スプーンがないと食べられないからね」

脇役《わきやく》デカが、そう言ってふふっと鼻で笑う。

ママがきらいなタイプだ。白い無地のシャツの下で、
きっとママは、鳥肌《とりはだ》を立てているだろう。

しかもずかずかと、生活の中まで入ってきた。

「あのぅ、立ち入ったことをうかがいますが、旦那《だんな》さんとは離婚《りこん》されたとか？」

「えっ？」

ママがあたしをにらんだ。脇役《わきやく》デカは続けた。

「たまーにあるんですけど、別れた旦那《だんな》がふと思いだして、なにかを取りに戻《もど》ってくると鍵《かぎ》が取り替《か》えてあって、家には入れなくて。ふざけんなって頭にきて、窓《まど》ガラスをわって侵入《しんにゅう》とかね」

「あの人は、そこまでバカではありません」

「そうですか。いざとなりゃ、なにするかわかりませんよ。うかがったところによりますと、DV《ディブイ》だったとか。離婚《りこん》の原因《げんいん》」

ママは無言で、またあたしをにらむ。

「そんな顔しないでよ、ママ。なりゆき上しょうがなかったんだから。だってね、名字聞かれて、ああどっちを名乗ったらいいんだろうって、困《こま》ってたら、理由を聞かれて答えたまで」

するとママはふうと息を吐《は》いて、姿勢《しせい》を正した。

くるぞ。

あたしは直感した。

「そうね。早くこの国も、結婚《けっこん》しても夫婦別姓《ふうふべっせい》を名乗れるようにならなきゃ。そうだ、あなたはどう思う？　結婚《けっこん》すると九割《わり》の女性《じょせい》が男性《だんせい》の姓《せい》になる社会。あなたは若《わか》いから、考えるところがあるのじゃないかな」

ママはまるでパネリストにでもなったような口調で、脇役《わきやく》デカの後ろに立つ若《わか》い刑事《けいじ》に問う。

「あ、ぼくっすか。ぼく結婚《けっこん》はしないっすから」

生まれてこのかた、この国の将来《しょうらい》のことなど二回以上考えたこともないような、あどけない目で彼《かれ》は答えた。

「あら、そう」

あっけなく逃《に》げられた、と思ったら、

「でもね、ぼく結婚《けっこん》しないから関係ありません、っていうのはどうなのかな？　いろんな人の立場や境遇《きょうぐう》を思いやりながら、全体としての社会が成り立っているとは思わない？それから」

とママは、さっきの脇役《わきやく》デカを見据《みす》える。

「さきほどDV《ディブイ》が離婚《りこん》の原因《げんいん》だとおっしゃいましたが、そのとらえ方は間違《まちが》っています。

問題はDV《ディブイ》を克服《こくふく》できない男性《だんせい》にあるのです。もちろん男性《だんせい》に限《かぎ》りませんが。とにかく性《せい》的虐待《てきぎゃくたい》やセクシャルハラスメント、女性《じょせい》だから負わなきゃいけないと考えられがちな家事や育児や化粧《けしょう》、服装《ふくそう》。いまだにある古い価値観《かちかん》が、どれだけ社会に損失《そんしつ》を与《あた》えているか、男性《だんせい》も女性《じょせい》も」

「あのぅ、お仕事は、スクールカウンセラーとかでしたよね」

脇役《わきやく》デカはお腹《なか》いっぱいな風に、ママの話をさえぎった。

「それもですが、空いた時間で女性《じょせい》の権利《けんり》を守る活動をしております。講演《こうえん》やワークショップもします。よければ、あなたたちもご一緒《いっしょ》に参加しませんか?」

「ママやめてよ。刑事《けいじ》さん困《こま》ってるよ」

逃《に》げても追うのがママだ。そして相手を論破《ろんぱ》して、ついには本性《ほんしょう》を引き出すのだ。

そこから引き出されるものは、あたしには、暴言《ぼうげん》と暴力《ぼうりょく》しかないような気がするけど。

少なくとも、あたしが今まで、目にしたものは。

「信じられない。刑事《けいじ》さんたち、事情聴取《じじょうちょうしゅ》が終わったら、まさかのはいさようならだったね。少しは気づかってくれて、よさそうなものよ」

「もしかしてママ、かたづけ手伝ってくれると思ってた?」

「あたりまえじゃない」

ママはブツクサ言いながら、板張《いたば》りの床《ゆか》から慎重《しんちょう》にガラスの破片《はへん》を拾う。

「そりゃ、かたづけないよ。人でも殺されない限《かぎ》り」

「変なこと言わないで」

「テレビで見たドラマの話よ」

あたしも手伝う。われたガラスの破片《はへん》を新聞紙に集め、そのあと粘着《ねんちゃく》テープで、ビーズのような細かい光の粒《つぶ》を取る。最後にママが、そっと手でなぞった。

「あいたっ。まだあった」

ママの人さし指にうっすら、赤い血がにじんでいた。

手の汚《よご》れをガラスごと台所の水で流す。

タオルで手をふきながら戻《もど》ってきた顔は、不機嫌《ふきげん》そのものだった。

責任《せきにん》は、空き巣のこともあるけど、たぶんあたしに。

「それで美桜里《みおり》さんは、この先どうするおつもり？」

いきなり、ナイフを突《つ》きつけるように言う。

「えっ、なにが？」

とぼけたつもりはない。

ママはだまって、さらにあたしの反応《はんのう》を引き出そうとする。パパもこういうの、きらいだった。

「どうするも、なにも……」

「学校へ行く行かないは、あなたの問題かもしれないけど。そのせいでなにか起きれば、あなただけの問題ではすまされないってことは、これでわかったでしょ」

「学校へ行っても、問題は起きる」

「そういう意味で言ってるんじゃない。今日だってひとつ間違《まちが》えれば、あなたに危害《きがい》が及《およ》んでいたかもしれないのよ」

「うそだ。ママは面倒《めんどう》なことに、巻《ま》き込《こ》まれたくないだけでしょ」

「それもある。でもそれだけじゃない。女の子は常《つね》に危険《きけん》にさらされているの。男の子以上にね。傷《きず》ついて、あなた自身が一生苦しむようなことになってほしくない」

「一生苦しむとか、なにそれ」

「レイプされるとか」

「はあ⁉　それ中一の娘《むすめ》に使う言葉？」

「私《わたし》は使う。これからはあなたも、そういった現実《げんじつ》と向き合っていかなきゃいけないの。デートDV《ディブイ》とか、リベンジポルノとか。そうしたことで、悩《なや》んだり傷《きず》ついたりしてる子が、ママのところにもくる。そこで提案《ていあん》なんだけど、学校が無理なら、昼間はおばあちゃんちに行くか、フリースクールへ通うか、どちらか考えて。もっといい方法があれば、聞かせてちょうだい」

ママは挑《いど》むようにあたしを見た。

威嚇《いかく》ではないけど決めつけてる。

あたしにそんないい考えはわいてこないと思ってる。

くやしいけど正解《せいかい》。

玄関《げんかん》のチャイムが鳴った。

「これはゆずれないからね」と言い残して、ママはすたすた歩いた。

「もうきてくださったの。ありがとう」

「物騒《ぶっそう》ですからね。われたままなんて」

窓《まど》を直しにきたのだろう。

あたしはわれたガラス窓《まど》を見た。

窓《まど》は開くためにあるのか。

それとも、
窓《まど》は閉《と》じるためにあるのか。

どっちなのだろう。
ひとつ言えることは、開かない窓《まど》はたたき壊《こわ》される。

2　クソみたいな名前

あたしのおばあちゃんは、図書室から借りてくる本に出てくるようなおばあちゃんではない。

上品じゃないし、心に響《ひび》くような言葉も聞いたためしがない。

ハーブ入りのクッキーとか焼かないし、食べることは、コンビニか近所の焼き肉屋さんですませる。

冷凍庫《れいとうこ》にはとんかつや牛丼《ぎゅうどん》、からあげに餃子《ギョーザ》が常備《じょうび》してある。

(以前、このからあげがけっこうおいしいと、おばあちゃんはわざわざ、届《とど》けにきてくれた。おいしかった)

冷凍《れいとう》食品ばかり買いすぎて、停電《ていでん》したときなんて、捨《す》てるの惜《お》しいとか言って全部食べて、お腹《なか》を壊《こわ》した。

そして、今も焼き肉屋にいる。

「さあ食べて。今日は美桜里《みおり》の歓迎会《かんげいかい》だから。いやあ、楽しいねぇ。うーん、楽しい」

おばあちゃんが楽しいを連呼《れんこ》する。

空き巣のことは聞いてるはずなのに、「空き巣が入って大変だったね」と言ったきり、さほど話題にしない。

あたしが毎日おばあちゃんの世話になるっていうのに、ママが説明したときも、「しょうがないね」と、ひとことで納得《なっとく》していた。

いつものことだけど、ママとおばあちゃんが話しても、盛《も》り上がることはない。

おばあちゃんは、結局のところ、よくわからない人だ。

なのにさらによくわからない人たちが、あたしたちの前で焼き肉を頬張《ほおば》っていた。

高校生くらいの少年と小柄《こがら》なおじさんだ。

一応《いちおう》自己紹介《じこしょうかい》はあった。

「おれ登夢《とむ》。十六歳《さい》。トムって呼《よ》べばいい」

「トム？」

「そっ。夢《ゆめ》に登る。クソみたいな名前だろ」

「いや、あのぅ……」

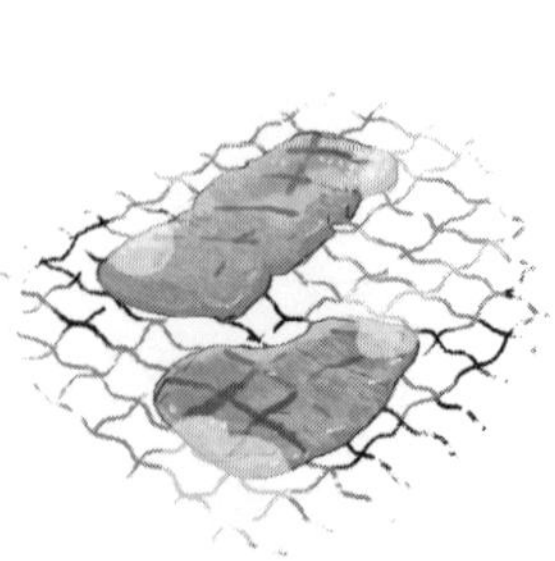

トムはぶっきらぼうに言い捨《す》てると、すぐに肉を焼き始めた。

もう顔も上げない。とまどいながら、あたしは、隣《となり》のおじさんに、視線《しせん》を移《うつ》す。

「おれ貴夫《たかお》。五十七歳《さい》。貴夫《たかお》ちゃんって呼《よ》べばいい」

トムの口ぶりをまねて、すねた感じで言うけど、やさしい声が似合《にあ》わない。

「あれっ、今のおもしろくなかった？」

そうか。ここ、笑うところなんだ。そう思ったときには遅《おそ》かった。

「まあいいや。おじさんは、浩子《ひろこ》さんとは手づくり市で、ずっと仲良くしてもらっています。もう二十年になるかなぁ」

「浩子《ひろこ》さん？」

あ、そっか。おばあちゃんの名前だった。

おばあちゃんは、料理はあまり好きじゃないけど、なぜか手芸が得意。作った編《あ》みぐるみやマスコットキーホルダーを、手づくり市で出店して売っている。

このおじさんも、お店を出しているのだろう。

じゃあ、このトムというのは、息子だろうか、と思ったら違《ちが》った。

「ちょっと貴夫《たかお》ちゃん、キムチ取りすぎ。おれのぶんもあるんだから」

と、文句《もんく》を言う。

すると、貴夫《たかお》ちゃんと呼《よ》ばれたおじさんは、「キムチの取り合いが他人の始まり」とか言って、あたしに笑顔を向けた。

「それにしても久《ひさ》しぶりだね、美桜里《みおり》ちゃん。大きくなっちゃって。あぁ、なっちゃってはおかしいか」

「久《ひさ》しぶり、なんですか？」

「覚えてないかなぁ？　貴夫《たかお》ちゃん貴夫《たかお》ちゃんてなついてくれてたのに」

おばあちゃんに会いに、手づくり市には何度か行った記憶《きおく》はあるけど、それも小学校の三年生の頃《ころ》が最後。

ましてや、おじさんの記憶《きおく》はない。

「覚えてないさ。そもそも、ハンドメイドなんて、ここの親子は興味《きょうみ》ないんだから」

ずばっと言うところは、ママとよく似《に》ている。

「でも今度から、そういうわけにいかなくなるから。いやでもついてくるさ」

「どうしてだよ？」

「学校へ行きたくないんだって。両親が離婚《りこん》してさ。昼のあいだ、家に一人だけ置いとくわけにいかなくてさ、私《わたし》が監視《かんし》係ってわけ」

黙々《もくもく》と食べていたトムが、このときは顔を上げた。

目が合ったけど、なにも言わずにまた肉に戻《もど》った。

「ホルモンとカルビ追加ね。安い方」

おばあちゃんの力強い声に、店員の目が了解《りょうかい》と答えた。

「学校へは行きたくないの？　それとも行けないの？」

貴夫《たかお》ちゃんが聞いてくる。心配してくれてるのだろうか。

「それは……」

どっちなんだろう。考えていたら、

「そんなくだらねぇこと、聞くなよ。おれも行ってないし」

仲間を諭《さと》すように、トムのうすい唇《くちびる》が動いた。

数秒後に怒《おこ》り出しそうな目は、人によっては、カッコイイと思うかもしれない。

「なっ」

あたしに言葉を投げかけたときにも、トムの目は笑ってなかった。

おばあちゃんも貴夫《たかお》ちゃんも、トムの生意気な態度《たいど》を注意しない。

えっ、それでいいんだと、あたしは不思議な空間に、放り込《こ》まれた気がした。

食事が終わり、おばあちゃんが入り口近くのレジで会計をすませていると、自動ドアが開いて客が入ってきた。あたしはじゃまにならないように、身体をおばあちゃんに寄《よ》せた。

足もとしか見てなかった。

「あ、美桜里《みおり》。こんなとこにいたんだ」

声を聞いて、なぜだか「しまった」と思った。

「美桜里《みおり》のお友だち？」

おばあちゃんも、その声にふり返った。

「あら、美桜里《みおり》ちゃん、こんばんは。ご家族でいいわね。風花から聞いたわよ。学校休んでるんですって。でも、焼き肉食べられるくらいなら、元気よね。おばさん安心した」

風花と兄と両親。あたしももちろん知ってる。

「じゃあ」とひとことだけ言って、あたしは外へ出た。

すると、逃《に》がしてなるものかとばかりに風花が追いかけてきた。

「まってよ、美桜里《みおり》。あんた、なにか勘違《かんちが》いしてるって」

あたしは無視《むし》した。よっぱらいのおじさんじゃあるまいし、焼き肉屋さんの店先で口論《こうろん》する気はない。

「ねえ、学校出てきてよ。なんか、私《わたし》が美桜里《みおり》をいじめたみたいになってるし」

「結局それなんだ。自分のことしか考えてない」

だまってるつもりがつい言い返した。

「その言葉そのまま返すよ。美桜里《みおり》の方が自分勝手」

風花の声が、ねっとり腕《うで》にからみつく。

あたしのどこが、と言いかけたとき、

「メシ食う前にケンカしたら、消化に悪いよ。おいしくないし」

トムが誰《だれ》に言うともなく言った。風花はおとなしく、店に入った。


みんなたらふく食べて、ご機嫌《きげん》で夜道を歩く。

貴夫《たかお》ちゃんは声を張《は》り上げ、カレーブルースとか言ってデタラメに歌う。

「おーいらは、カレーがだーいすきさー。はーれでもあーめでも、だーいすきさー。あーまいカレーも、かーらいカレーも、どーちらーも、じーんせいにゃ、ひーつよーおーだ」

「やめろよ。警察《けいさつ》がくるぞ」

貴夫《たかお》ちゃんのお尻《しり》を、トムがける。

「やめて、やめて」

貴夫《たかお》ちゃんは跳《は》ねながら進む。

完全によっぱらってる。

「トムも成人したら、飲ませてやるよ。楽しいぞ」

「おれは、酒は飲まない」

並《なら》んで歩くと、トムの方がずっと背《せ》が高い。

「貴夫《たかお》ちゃんサイコー」

お酒を飲んでないのに、おばあちゃんまで声を張《は》り上げ、楽しそうにケラケラ笑った。

そんな貴夫《たかお》ちゃんだけど、女性《じょせい》の夜道は危《あぶ》ないからって、おばあちゃんの家まで送ってくれた。

意外と紳士《しんし》なのだ。


「ねえママ、貴夫《たかお》ちゃんと、トムっていう男の子。知らない？」

「知らない。どうせ、おばあちゃんの手づくり仲間でしょ」

おばあちゃんの家からの帰り道、車を運転しながらママはそっけなく答える。

「本当に興味《きょうみ》ないんだね、ママって。おばあちゃんのこと」

あたしもそうだけど、たぶんパパも、このママの返事の仕方をいやがっていた。

それは、「なにそれ？　教えて」ってニュアンスじゃなくて、「べつに知りたくもない」って、拒絶《きょぜつ》的な雰囲気《ふんいき》で伝わってきた。

あのケンカになった夜も、パパが説明しようとすると、「ごめん、その情報《じょうほう》、今いらないし」って、さえぎった。

次の瞬間《しゅんかん》あたしはパパが投げたお皿が宙《ちゅう》を飛ぶのを目撃《もくげき》した。

そりゃ、ママに必要な情報量《じょうほうりょう》は、あたしやパパの、何倍もあったかもしれないけど、ママも反省すべきだと、あたしは今も思ってる。

「明日、覚えてるよね」

あたしは念のために聞いた。

「もちろんよ。だから明日は、休みを取ってあるの。わざわざ」

わざわざ、なんだ。

ママは人を傷《きず》つけてるの、気がついてるのかな。

「ねえ、いちいちさ、送り迎《むか》えしてくれなくて大丈夫《だいじょうぶ》だから。あたしちゃんとパパと会って、帰ってくるから。近くまで、パパに送ってもらってもいいし」

「そういうわけにはいかないの。裁判所《さいばんしょ》で決めたことだから」

「でもそこに、あたしの気持ちは入ってない」

とたんにママはだまった。なにか言いたいことがあるのだろうけど、ここで言うべきことではないと判断《はんだん》したのだろう。

まっすぐに前を見てハンドルをにぎる。

その続きは、家について、お風呂《ふろ》から出たときに始まった。

「さっきの話だけど」

ママがグラスに白ワインをそそいで、話しかけてきた。

あたしはダイニングで、タオルドライのままスマホを眺《なが》めていた。

「さっき、なに？」

「車の中で話してた……スマホは置いて」

「うん。で、なに？」

「どうしてあなたの送り迎《むか》えをしなきゃいけないか。それは怖《こわ》いから。男だからって決めつけるつもりはないけど、子どもをそのまま連れ去ったり、最悪子どもを道連れに、無理心中する人もいる。もちろんあなたのパパがそういう人だと思ってない。でも、可能性《かのうせい》はゼロとも言えない」

「思ってるじゃない」

「人はそんなに単純《たんじゅん》じゃない」

「パパがあたしを殺すっていうの？」

もしママの仕事を知らなかったら、あたしはママがおかしくなったと思うだろう。

「パパがあたしをたたいたことはないよ。怒鳴《どな》ったことはあるけど」

「それは知ってる。だから、DV《ディブイ》の夫だったけど、あなたと会わせてもいいことにしたの。それとも美桜里《みおり》は忘《わす》れたの？　十歳《さい》の誕生日《たんじょうび》のこと」

忘《わす》れるわけがない。

あの日も、突然《とつぜん》パパは発火した。

あたしの誕生日《たんじょうび》を祝って、家族で食事に行こうとしたときだ。

パパが車のロックを解除《かいじょ》した瞬間《しゅんかん》、ママがスマホを見ながらつぶやいた。

「あらっ、今日あのお店、臨時《りんじ》休業だって」

それだけで、パパは怒《おこ》り出した。車のドアも開けずに、ママを非難《ひなん》した。

「なんでチェックしておかないんだよ。ていうか、普通《ふつう》予約しておくだろ。母親だろ」

あのときパパは、ほかにかかえていたことがあったのかもしれない。それでもいきなり車のボディーをけったのは異常《いじょう》だった。

「ほかを探《さが》せば……」

ママが慌《あわ》ててスマホを操作《そうさ》しても、「もう行かない」と、家の中に入った。そして、信じられない行動に出た。ガチャッと家の鍵《かぎ》をかけたのだ。

そのときはパパしか鍵《かぎ》を持っていなかった。

「開けてよ、開けてよ」

泣きながら叫《さけ》んだのを覚えている。

ママは冷静に、そのときはじめて警察《けいさつ》を呼《よ》んだ。

忘れるわけがないけど、でもなぜだろう。だからといって、あたしが好きなパパが、あたしの心の中から完全に消えてなくなることはなかった。それどころか、はなれて暮《く》らしていると、楽しかった記憶《きおく》の方が強くなる。

ママはそんなあたしが、気に入らないのだろうか。

「もしかして、あとをつけてる？　あたしとパパの」

ママは答えない。

「いつまでタオルでくくっておくの。そろそろドライヤーで乾《かわ》かした方がいいわよ。乾燥《かんそう》しちゃうと、かえって髪《かみ》が傷《いた》むから」

あたしは無駄《むだ》だと思いながら言ってみた。

「もう一度話し合ったら。パパもあれからいろいろ考えてるよ」

ママはもう、その提案《ていあん》はうんざりって顔で、ワインをつぎ足しに行った。

あたしは駅前で、赤い車の助手席から降《お》りた。ママの車を見送りながら、軽く捨《す》てられた気分になる。パパもママも、親と呼《よ》ぶには少し違《ちが》う存在《そんざい》になってしまった。

親が離婚《りこん》するって、そういうことなんだ。

ママの車が消えてきっかり三分、パパの白いセダンが現《あらわ》れ、あたしを拾ってくれる。

ママはどこかで見てるのだろうか。

「久《ひさ》しぶり、パパ」

あたしは助手席に乗り込《こ》んだ。

ママとパパが取りかわした「契約《けいやく》」で言うなら、これもルール違反《いはん》なのだ。

あたしはパパの車の、「後部座席《ざせき》・左側」に乗らなきゃいけないのだけど、あまりにもバカげているから、自分でルールを変えた。

「今日はどこへ行こう？」

パパが期待を込《こ》めた声で言う。

「あたし、観たい映画《えいが》があるの」

「映画《えいが》？」

パパの声が一瞬《いっしゅん》くぐもる。前に映画《えいが》を観に行こうって言ったときは、ずっとすわってるだけだしつまらないって断《ことわ》ってきた。

「うん。どうしても観たいアニメがあるの」

「どんなの？」

「ある女の子に妹が生まれるの。でも女の子は妹が好きになれなくて、画用紙で羽を作って、妹の背中《せなか》にはりつけ、どっかへ飛んでけって、悪い魔女《まじょ》に教えられた呪文《じゅもん》を唱えるの。そうしたら画用紙の羽は本物になって、妹はどっかへ飛んでいっちゃう。そのあと女の子が旅に出て、いろんな生き物に助けられながら、妹を探《さが》すの」

「おもしろそうだ。よし行こう」

パパが無理してるのは、フキンを絞《しぼ》ったような笑顔のしわでわかる。

でもうれしい。

「本当にいいの？」

「うん。たぶん大丈夫《だいじょうぶ》」

たぶん大丈夫《だいじょうぶ》って、なんだろう？

変な答えだと思ったけど、映画《えいが》を観終わってから、その意味を理解《りかい》した。

エンドロールが流れ、館内が明るくなって隣《となり》を見たら、パパが白い顔して震《ふる》えていた。

「ああ、やっと終わったな」

力がなく、ほとんどささやくような声だった。

「どうしたの、パパ。どこか悪いの？」

清掃係《せいそうがかり》のおねえさんも、そばにきて、救急車を手配しましょうかと聞いてきた。パパはそんな大げさなと、飛び上がって断《ことわ》った。

あたしとパパは、館内のカフェで落ち着いた。パパの顔に血の気と笑顔が戻《もど》ってから、あたしは聞いた。

「まさか映画《えいが》が怖《こわ》かったわけじゃないよね。そりゃ、妖怪《ようかい》みたいなヤツらに追いかけられるシーンはあったけど」

「じつはパパ、暗いところがだめなんだ」

パパはなにか、重大なことでも告白するような真剣《しんけん》な顔で言った。

はじめて聞いた。

大人でも、そんなことあるんだ。

「ああ、でも映画《えいが》は楽しかった。そう、あれすごかったな。鳥みたいな妖怪《ようかい》に乗って、大空で闘《たたか》うシーン。パパも羽をつかって空を飛びたくなったな」

「うちの屋根に舞《ま》いおりたりして……あ」

しまったと思ったけど遅《おそ》かった。パパは急に沈《しず》んだ顔になった。

慌《あわ》ててあたしは言葉を足す。

「でもいいよね、アニメって」

「うん。虚構《きょこう》であって虚構《きょこう》でない。もう一人の自分を見せてくれる。そうだ、美桜里《みおり》はなにか、やりたいことはあるのかな。現実的《げんじつてき》でなくてもいいけど。なんにでも興味《きょうみ》を持つのは、大事だから」

パパに聞かれ困《こま》った。あたしは視線《しせん》をそらす。

「あれ？　どうした」

「よくわかんない。じつは、しばらく学校に行けてなくて」

パパが大騒《おおさわ》ぎしないか、心配した。

「そうかあ。行けてないか」

パパはゆっくりと椅子《いす》にすわり直した。ママから、聞いてなかったのだろうか。連絡《れんらく》を取るのも、弁護士《べんごし》を通してなんだろうけど。

「パパのせいでもあるんだろうな。両親がもめると、子どもが引きこもるって、前に聞いたことがある」

「違《ちが》うよ。あたし、学校行けてないだけで、引きこもってなんかない。おばあちゃんと、手づくり市に行ってるし」

まだ予定だけど、パパを安心させたくてうそをついた。

なんか、暗い雰囲気《ふんいき》になってきた。

「そうだ、美桜里《みおり》。服を買いに行こうか。もう夏物が出ているだろう」

パパはこんなにすぐれたアイデアはないだろうってくらい、目を見開き提案《ていあん》した。

「パパの服?」

グレーのシャツはシワシワで、本気で娘《むすめ》から好かれようと思っているのか疑問《ぎもん》だ。

「美桜里《みおり》の服に決まってるだろ」

「それは……」

あたしはとまどう。

パパから現金《げんきん》をもらうことは、パパとママがかわした契約《けいやく》では禁《きん》じられていた。

もちろんそれは、あたしからしたら書類上のことで、いつも会うと五千円もらっている。

けれど、あまり派手《はで》なことをして、パパと会えなくなるのはいやだ。

「それって、契約違反《けいやくいはん》じゃないのかな?」

「契約《けいやく》? ああ……ママはそこまで話してるんだ」

「うん。情報《じょうほう》公開にはうるさい人だから。そうだ、また市民運動みたいなのを始めるんだって。〝女性《じょせい》を差別から守ろう〟だっけ」

「そうか。あの人の、ライフワークだからな。ママらしいけど、あまり自分を追い込《こ》まないように、見守ってあげてよ。パパができないぶん」

あたしがママを見守る?

どうやって。

簡単《かんたん》には答えられない。

「それより、どうなの、パパ？　服はママには隠《かく》せないよ」

「服なら、大丈夫《だいじょうぶ》だろ。生活必需品《ひつじゅひん》だから」

「ねえパパ、なんで親子なのに、こんなふうに、いろんな約束事にしばられながら、会わなきゃいけないの？」

「それは、パパのせいだ」

「あたしときどき、ママがすごくキライになる」

「おいおい。ママは悪くないから。むしろ、あの人でよかったって、パパは思ってる」

「どうして？」

「ママは感情的《かんじょうてき》にならず、ぼくとの話し合いに応《おう》じてくれた。美桜里《みおり》と会うことも、向こうから提案《ていあん》してくれた。

あの人と別れた理由はＤＶ《ディブイ》だから、美桜里《みおり》とパパを会わせないっていう選択肢《せんたくし》もあったはずだから」

あたしは納得《なっとく》できない。

けどこれ以上言っても、パパを困《こま》らせるだけだ。

どんよりとした空気が増《ま》す。せっかく二週間ぶりに会っているというのに。

「そうだ。じゃあ、あたしとパパとおそろいのT《ティー》シャツとか、どう？　着てるだけで心がはずむような、スポーティーなやつ」

「お、いいなそれ」

「じゃあこんなとこに、いつまでもすわってないで、行こうよ」

あたしはパパの腕《うで》を取る。

これでもママは、パパがあたしを殺すかもしれないなんて言うだろうか。

ふと見上げた天井《てんじょう》から、防犯《ぼうはん》カメラがあたしたちを凝視《ぎょうし》していた。

3　ヒマなら手伝え

公園の名はサンフラワーガーデン。
市民の憩《いこ》いの広場だけど、基本的《きほん》には、だだっ広い芝生《しばふ》が広がっているだけ。
四季折々《おりおり》の花が咲《さ》いて、今はバラが真っ盛《さか》りだ。
人気なのは、農産物の直売所。そして、オーガニックレストラン。
バラや抹茶《まっちゃ》のソフトクリームは、濃厚《のうこう》でおいしい。
アコーディオンと木管楽器が奏《かな》でる音楽が、エンドレスでスピーカーから流れる。
芝生《しばふ》の上に、四十あまりのテントが並《なら》ぶ。どれもが手づくりの店だ。
カバンや衣服や帽子《ぼうし》。木工品やフライパンもある。
コーヒーやドレッシングを売っているお店もあれば、ドライフラワーもある。
似顔絵《にがおえ》描《か》きやマッサージ、占《うらな》いも手づくりの部類に入るみたいだ。

とにかくのどかだ。

しかし、あたしは思う。

こんなの、なにが楽しいんだろう。

朝八時から準備《じゅんび》して、十時を過《す》ぎてようやくぽつぽつと人が姿《すがた》を見せる。

「あれ持ってきたから」とか、「お久《ひさ》しぶりぃ」とか、どうも顔見知りばかりのような気もする。

ここで四時まですごすのか。

おばあちゃんは、猫《ねこ》かクマかよくわからない編《あ》みぐるみを並《なら》べ終えると、スマホで写真を撮《と》りまくり、SNS《エスエヌエス》に上げる。あとは満足そうに、赤いキャンプ用の椅子《いす》にゆったりとすわる。

あたしはたずねた。

「ねえおばあちゃん。ここって、本を読む場所とかないの？」

「本だって？　ここをどこだと思ってるの。潮干狩《しおひが》りはできないのかって聞く方が、まだマシな質問《しつもん》だと思うけど」

おばあちゃんは、どうおもしろいでしょって顔で見返してくる。

ベンチがあちこちにあるとはいえ、おばあちゃんのテントには、あたしの椅子《いす》も用意していない。

持ち主のない風船のように、あてもなく、あたしはふらふらするしかなかった。

テントの群《む》れを取り囲むように、キッチンカーが六台並《なら》んでいた。

クレープと、かき氷を売るキッチンカーは、青・白・黄・オレンジと車体も色鮮《あざ》やかだ。

フランクフルトとハンバーガーを売る車には、そのままハンバーガーのイラストが描《えが》いてある。

焼きそばやからあげは、イベントには欠かせない。焦《こ》げたソースの香《かお》りが広場の風に乗り、食欲《しょくよく》をそそる。

どの車もサイドの窓《まど》を大きく切り開き、ひさしが突《つ》き出ている。

「おまえ、なにしてんの？」

突然《とつぜん》聞こえたその声は、昨日一緒《いっしょ》に焼き肉を食べたトムだった。

シマウマ模様《もよう》のキッチンカーの前で、開店の準備《じゅんび》をしていた。

ウエルカムボードに、カレーの写真をはりつけている。

「なにって、おばあちゃんのお手伝いをしにきたの」

「うそだろ」

「はっ、失礼な」

「ぶらぶら歩いてるだけで、手伝ってるようには見えないけど」

「さっきまで手伝ってたの」

「そう」

トムはそう言っただけで、シマウマ模様《もよう》のキッチンカーに、後ろから乗り込《こ》んだ。

あたしもあとにつく。

「カレー屋さんだったんだ」

貴夫《たかお》ちゃんが歌ってた、変な歌を思いだした。

「いいにおいがする」

「ああ、うまいんだぜ」

トムが大きなずんどう鍋《なべ》をだきかかえるように、コンロにのせた。ひょろりとしてるのに、腕《うで》の盛《も》り上がった筋肉《きんにく》が強そうだ。

貴夫《たかお》ちゃんの姿《すがた》はない。

「今からカレー、作るの？」

「はあ？　今から仕込《しこ》んでたら、夕方になっちゃうだろ」

「カレーって、すぐにできるんじゃないの？」

「おまえ、もしかして、カレー作ったことないのか？」

「あるよ」

「どうせ、レトルトだろ。温めるだけの」

「違《ちが》うよ。ちゃんと、ジャガイモもニンジンも、包丁を使って切った」

ニンジンは皮をむくの忘《わす》れてたし、ジャガイモは食べるときには溶《と》けて、捜索願《そうさくねがい》を出しても、見つからなかったけど。

「ヒマなら手伝え」

トムがぶっきらぼうに命令する。

ここが教室で、相手がクラスの男子なら、「なんなの、その言い方」って反発していただろう。

広場のおおらかな空気が、少しだけあたしの心を穏《おだ》やかにしてくれた。

「その箱に入ってるテーブルを出して並《なら》べて」

「テーブル？」

「キャンプとかで、やったことない？」

「うち、インドア派《は》だし」

キャンプへ行こうとか、そんな雰囲気《ふんいき》になったことすらない。

「やったらわかるよ。折りたたみだし」

カレーを食べてもらうためのテーブルを六台、キッチンカーのそばに用意した。

キッチンカーの中をのぞくと、機能的《きのうてき》にいろんな設備《せつび》が組み込《こ》まれていた。

奥《おく》にはフライヤーとコンロ。背の低い、プロパンガスボンベがふたつ。手前には炊飯器《すいはんき》が二台。

小さな棚《たな》に調味料が整然と並《なら》ぶ。

足もとの段ボール箱には、

(カレー・器)
(コップ)
(からあげ・器)

(割り箸《わりばし》・スプーン)の、張《は》り紙。

「なに、ボーッとしてんの」

「えっ？」

「テーブルがあったら、椅子《いす》がいるだろう。使えねぇヤツ」

「やりたきゃ自分で、やりゃいいじゃん！」

思わず言い返してしまった。

トムは驚《おどろ》くふうもなく、ちらりとあたしを見ると、パチンと手を打った。

「そっか、わかった」

「はっ……なにが？」

「いや、おまえの顔って、なにかに似《に》てるって思ってたんだ」

なにかに似《に》てる？

誰《だれ》かじゃなくて！

いやな予感がした。

「カエル。驚《おどろ》いて、とび上がったとき限定《げんてい》の」

もういいと、キッチンカーに背《せ》を向けたとき、貴夫《たかお》ちゃんの姿《すがた》が視界《しかい》に入った。

あたしが並《なら》べたテーブルのそばで身をかがめていた。

「こんにちは」

あたしが声をかけると、貴夫《たかお》ちゃんはすくっと立ち上がり、焼き肉屋さんで見せた笑顔になる。

「おっ、若者《わかもの》同士、仲良くやってるな」

「仲良くなんかねーよ」

トムが、あたしが言おうとしていたセリフを取った。

「どっちでもいいけど、炊飯器《すいはんき》、スイッチ入れてくれたか、トム」

「もちろん、オッケー、っす」

驚《おどろ》き。トムはそんなことまでまかされてるんだ。

「十時になったら、からあげをあげ始めようか」

「はい」

トムが、きびきびと動く。その姿《すがた》を見ていたら、急にうらやましくなってきた。あたしもなにかしたい。

貴夫《たかお》ちゃんがキッチンカーの向こう側から、折りたたみいすを出してきた。

「あ、あたしが運びます」

手を出すと、トムが笑う。

「さっきは文句《もんく》言ってたくせに、手伝うんだ」

「文句《もんく》言ってないし」

あたしは言い返すと、貴夫《たかお》ちゃんが、にやにやしてあたしたちを見た。

「へえ、もうケンカするほどになっちゃったんだ」

「なっちゃったって、なんですか？」

トムの声が、うわずってる。

あたしまで、甘酸《あまず》っぱいキャンディーを口に含《ふく》んだような気分になる。

そのせいだろう。

「テーブル、あたしが並《なら》べました」

つい、変なアピールをしてしまった。

「ああ、それでロックが、かかってなかったんだ」

ボケツを掘《ほ》ってしまった。

貴夫《たかお》ちゃんは、キッチンカーで、カレー屋さんをしているだけじゃなかった。

みんなが貴夫《たかお》ちゃんにお金を払《はら》いにくるので、なんだろうと思っていたら、貴夫《たかお》ちゃんがみんなのまとめ役をしているみたい。

お金は、この施設《しせつ》を使わせてもらうための出店料なのだ。

からあげをあげ始めると、いい香《かお》りがあたりに満ちた。ひとつくらいくれないかなとキッチンカーのそばにいたけど、くれなかった。

トムはできあがってくるからあげを、長い串《くし》に通して、カップに入れる。

真剣《しんけん》な表情《ひょうじょう》は崩《くず》れない。

十一時を過《す》ぎると、お客さんの姿《すがた》が増《ふ》えてくる。

のんびりと、いすにすわっていた店の人たちも、立って接客《せっきゃく》をする。

あたしは一度おばあちゃんのテントに戻《もど》ったけど、そこにあたしがすわるいすはなく、かわいいお孫さんの役を演《えん》じるのもいやで、はぐれ雲になるしかなかった。

家の見慣《みな》れた天井《てんじょう》を見ながらゴロゴロしていると、なんとなく一日が過《す》ぎていくのに、屋外では時間がゆっくりと流れる。

時間の使い方がわからない。

ふと学校へ行っていたときを思いだす。

あのときも、みんなからはぶかれたのをきっかけに、だんだんと時間の使い方がわからなくなっていった。

孤独《こどく》と孤独《こどく》のあいだに授業《じゅぎょう》があって、孤独《こどく》をうまく使いこなせなかった。

あたしの孤独《こどく》を、みんながせせら笑ってた。

教室の天井《てんじょう》や壁《かべ》が、どんどんあたしに迫《せま》ってきて、おしつぶされる果実のようにあたしは逃《に》げ場を失った。

風花と話さなくなったのは、いつからだったかな。

「昼めし食べたかぁー」

キッチンカーから、貴夫《たかお》ちゃんがのんびりした声で、あたしを呼《よ》んだ。

トムはキッチンカーの前に出て、商品を渡《わた》したり、お金をもらったりしている。まっ白なズボンに黒いシューズ。キッチンカーに合わせたシマウマ模様《もよう》のシャツのオシャレ度は微妙《びみょう》だけど、トムが着ているとかっこよく見えた。

「おいトム、おまえも一緒《いっしょ》に食っとけ」

キッチンカーの中から、貴夫《たかお》ちゃんが見下ろして言った。

「うん。じゃあおれ、からあげと、普通《ふつう》のカレー。おまえは？」

「あ、あたし。なんにしよう……えーっと、チキンカレーにカツカレー、ハンバーグカレー。ああ、どれもおいしそう」

「早く決めろよ。これだから女は」

トムが面倒《めんどう》くさそうな目を向けていた。

「女は関係ないよ。ていうか、それ差別でしょ」

「だから、早くしろって言ってんだろ」

トムが怒鳴《どな》った。

表情筋《ひょうじょうきん》が険《けわ》しく盛《も》り上がり、ただならぬ気配すら感じる。とりあえず、チキンカレーにした。

向き合って食べていると、この前トムが言ったことを思いだした。

「ねえ、トム。さっき怒鳴《どな》ったよね」

トムはだまって、からあげにたっぷりカレーのルーをつける。まっても返事はない。

「この前焼き肉屋さんの前で、あたしの友だちには、メシ食う前にケンカしたら、うまくないって言ったよね。なのに自分は怒鳴《どな》ったりするんだ」

　またにらむかと思ったら違《ちが》った。

「そうだな。さっきはごめん」

「えっ……」

「おれ、ちっちゃい頃《ころ》から、早くしろって、よく怒鳴《どな》られてた。トラウマになるレベル。だから、人が決められないでいるのを見てると、なぜか、イライラしちゃうんだよな」

「トラウマ……」

「これでもだいぶ、おさえられるようになったんだぜ」

　トムは自慢気《じまんげ》だ。

　あたしは言葉を失っていた。するとトムはなにか発見したように声を上げた。

「あっ！」

「なに？」

「あの子、友だちだったんだ。仲悪そうだったけど」

　ますますだまるあたしに、トムが改まった口調になる。

「学校でさ、うまくいかなかった理由、聞いてやってもいいぞ。おれの方が、年上だからな。経験値はおまえよか上だし」

あたしは自分の領域《りょういき》に、入ってこられるのを警戒《けいかい》した。

答える代わりに言った。

「自分だって、学校でうまくいかなかったんでしょ」

「おまえと一緒《いっしょ》にするなよ」

「でも行ってないんでしょ、高校。違《ちが》う?」

トムはじっとあたしを見つめた。

少し悲しそうな目だ。

トムが静かに言う。

「おれの場合、うまくいかなかったのは、学校じゃなくて、人生だ。とにかく、困《こま》ったことがあったら、なんでも言えよ。できることがあれば、手を貸《か》す」

そう言ってトムが、右手を差し出した。

その手を取るべきか、あたしは、ドキドキした。そんなふうに手を差し出されたことがなかったから。

「ありがとう」

迷《まよ》ったあげくその手を取った。

そっとにぎると、「なんだ、よわっちいな」トムは笑顔でギュッとにぎり返してきた。

あたしの身体の中を、電気が流れた。

キッチンカーに戻《もど》ると、トムにはなじみのお客さんまでいるみたいで、手をふってやってくる。

女の子とにこにこ話をしたり、スマホで写真を撮《と》ったり。

明るいトムの表情《ひょうじょう》を見ながら、あたしはさっきトムが口にした言葉が、気になっていた。

うまくいかなかった人生って、どんな人生だったんだろう。


水曜日の朝、おばあちゃんに貴夫《たかお》ちゃんから電話があった。

「孫娘《まごむすめ》、どうせヒマしてるんなら手伝いにこないか。迎《むか》えに行くから」と。

おばあちゃんにどうするか聞かれて、迷《まよ》わず、行きますと答えた。

十五分後、貴夫《たかお》ちゃんが運転するキッチンカーが迎《むか》えにきて、あたしは炊飯器《すいはんき》や二本のプロパンガスボンベと一緒《いっしょ》に後ろの荷物スペースに乗った。秘密基地《ひみつきち》に隠《かく》れているみたいで、久びさに心が高鳴った。

前の助手席にはトムが乗っている。

「ついたよ」

車がとまって、後ろのドアがバンと開いた。

「さあ、降《お》りて」

トムが手を伸《の》ばした。

今日はちゃんと力を込《こ》めて、手をにぎった。

降《お》りると、普通《ふつう》の二階建ての一軒《いっけん》家だった。

「えっ、ここ？」

「ああ、一階が厨房《ちゅうぼう》」

「ここで、カレーを作ってるの？」

「まあ、見りゃわかるって」

「今日はお客さんじゃないからね」

貴夫《たかお》ちゃんは、まるで新人アルバイトを雇《やと》ったように、トムに頼《たの》むよと声をかけた。

「なにしてんの。こっち。裏《うら》から入る」

ぼんやりと家を見ていたらトムが呼《よ》んだ。

トムの瞳《ひとみ》が、妙《みょう》にやさしい。

貴夫《たかお》ちゃんの後ろを、トムと歩く。

「今から仕込《しこ》みだから」

「仕込《しこ》み？」

「明日から売る、カレーやからあげの準備《じゅんび》だよ」

へえっ、仕込《しこ》みか。

この新しい言葉に、あたしはわくわくした。

そこは台所というより、料理店の厨房《ちゅうぼう》だった。

一階の半分のスペースを、調理場に使っている。

コンクリートの上の、四枚扉《まいとびら》の大きな冷蔵庫《れいぞうこ》が、まず目に入った。

調理台も、お皿が十枚《まい》でも並《なら》べられそう。

オーブンは、大きな鍋《なべ》ごと入りそうだ。

近づこうとすると、

「やけどするぞ！」

貴夫《たかお》ちゃんが、バスのハンドルほど大きなフライパンを持って、にらんでいた。

あたしを迎《むか》えにくる前、オーブンでなにか焼いてたみたい。まだ熱いのだろう。

手を洗ってさっそく仕事だ。

「トム、材料、用意してあるな」

「もちろん」

トムは冷蔵庫《れいぞうこ》から、スチロールの箱を引っぱり出すと、中から、りんごやショウガ、長ネギやニンニク、ニンジンを取り出す。

「おまえ、ショウガの皮くらいむけるだろ」

トムは調理台にまな板と包丁を、二人ぶん用意した。

したことないとは言えない雰囲気《ふんいき》。

「それくらいなら」

あたしのまな板にショウガがのる。

タマネギ臭《しゅう》がツンときたと思ったら、貴夫《たかお》ちゃんがフライパンで、うすく切ったタマネギを炒《いた》め始めた。

「急げよ。それ、皮むいたら、おろしがねでおろす」

「あ、はい」

なんかえらそうだけど、トムはりんごをふたつ、するすると皮をむくと、おろしがねでおろした。

「かっこいい。コックさんみたい」

「よけいなことは言わなくていいよ」

あたしは心から感心したのに、トムはニコリともしない。

貴夫《たかお》ちゃんは、弱火でタマネギを炒《いた》め続ける。

あたしも急がなきゃ。

タマネギがきつね色になると、おろしたりんごとショウガ、そしてニンニクを加えた。

さらに小麦粉を入れ、炒《いた》めながら木べらで練り込《こ》む。

トムはあたしの身体が入りそうなずんどう鍋《なべ》に、たっぷりの水を入れた。

オーブンを開けると、鉄の皿に、折れた棒《ぼう》みたいなのがのっていた。

「え、なに？」

「牛の骨《ほね》」

トムはそれを、トングでつかみ鍋《なべ》に入れた。

「あとは、これを入れる。セロリだろ、ローリエの葉だろ、ニンニクのかたまりだろ、ニンジンだろ、白ネギだろ。これで、おいしいカレーのソースになる」

トムの声は軽やかな弦楽四重奏《げんがくしじゅうそう》のようだ。

点火すると、次に冷蔵庫《れいぞうこ》から鶏肉《とりにく》を出してきた。二十枚《まい》ほどがビニール袋《ぶくろ》に入っている。

トムが持つと、なんでもおいしそうに見えるから不思議だ。

「からあげ用のもも肉だよ」

ていねいにトムは、一切れずつ切っては、デジタルばかりの上に置いた。

「三十五グラムから、四十グラムのあいだ」
そう言って、トムは、一枚《まい》のもも肉を、あたしの前に置く。
「えっ、やっていいの」
「やりたくなけりゃ、やらなくていい」
突《つ》き放されてしまった。もちろんやりたい。
トムが切ったもも肉は、ずっと三十五グラムから四十グラムのあいだで収《おさ》まっていた。
最後の方であまった切れ端《はし》は横に置いていく。
よし、あたしもチャレンジだ。
たぶん、これくらい。切った肉を、はかりに置くと……五十一。
えっ、そんな。
恥《は》ずかしかったけど、それでもトムが、ふっと笑って、なぜだかうれしかった。
トムはその肉を取って、整形すると、「続けて」と言う。
あたしが失敗しても、また一枚《まい》もも肉を投げてよこす。
今度こそ……四十一。惜《お》しい。
次……おっ！
ピタリ四十グラムになった。ハイタッチしたい気分になる。こんな小さな作業でも、誰《だれ》かと一緒《いっしょ》だと、幸福感を味わえる。昔ママのお手伝いをしていた頃《ころ》を思いだした。
カレーのにおいが、ふいに立ち上がる。
貴夫《たかお》ちゃんが、フライパンにカレー粉を足したのだ。
力を入れて、こねるように木べらでまぜる。
全体がなじむと、フライパンのままオーブンへ運んだ。
こちらではずんどう鍋《なべ》の中が煮立《にた》ってきた。
「濁《にご》らせるんじゃないぞ」
貴夫《たかお》ちゃんが、背中《せなか》を向けたまま言う。
トムは火力を調節し、おたまを持ってあくをすくう。
ゆっくりと。真剣《しんけん》に。
あたしはたぶん見とれていたんだ。
トムの横顔に。
トムのひたいに光る汗《あせ》がきれいに見えた。
「すごいだろ」
得意気にトムが言う。
「うん」

うなずくと胸《むね》が小さく震《ふる》えた。

それは、なにか、尊《とうと》いものに、触《ふ》れたような気がしたからだった。

自分が作り出す物に、これほどの誇《ほこ》りが持てたら、きっと楽しいだろう。


お昼ご飯は、一階の和室でトムと食べた。

さっき切り落とした鶏《とり》のもも肉で、貴夫《たかお》ちゃんが親子丼《おやこどん》を作ってくれた。蒸《む》らしただけの卵《たまご》が、ふわっとろでおいしい。

貴夫《たかお》ちゃんは厨房《ちゅうぼう》で新聞を眺《なが》めながら食べてる。

「なんで、ケンカしてたの？」

トムがふいに聞いた。

「ケンカって、なによ？」

「この前の女の子。焼き肉屋の前で」

風花の顔が浮《う》かぶ。

「なんでそんなこと聞くの？」

「だって、おもしろいから。女って、つまんねーことで、うじうじやり合うし」

「この前も、女がどうとか言ってましたよね。今どき、時代錯誤《じだいさくご》じゃないですか。男だからとか女だからとか」

「時代錯誤《じだいさくご》……そうかもな。ずっと学校、行ってないし。テレビも見ねえし」

「学校とかそんなの関係なくって」

「そうかな」

「はい。そういうのって、基本的《きほん》に女性《じょせい》をバカにしているから出る言葉だと」

「いや、尊敬《そんけい》する人は尊敬《そんけい》する」

「それって詭弁《きべん》じゃないですか？」

あたしは、慌《あわ》てて口を閉《と》じた。これって、ママと同じだ。

相手を追いつめようとしている。しまったと思ったときには遅《おそ》いのだ。

食べることに集中したのか、答えるのにいや気がさしたのか、トムはだまった。

厨房《ちゅうぼう》の流しで食器を洗《あら》ったあと、トイレの場所を聞いた。

「廊下《ろうか》の奥《おく》」

トムが答える。

あたしは靴《くつ》を脱《ぬ》いで上がった。

さっきご飯を食べていた部屋の前を通る。

隣《となり》にもうひとつ部屋があって、十センチくらいドアが開いていた。

のぞくつもりはなかったけど、あたしの記憶《きおく》センサーになにかが触《ふ》れて、足が止まった。

とても重要な、情報《じょうほう》。

しっかりと目を見開き、あたしは部屋の中をのぞき込《こ》んだ。

貴夫《たかお》ちゃんの、生活スペースなのか、本棚《ほんだな》には料理の本が並《なら》ぶ。テーブルにはノートパソコン。脇《わき》には雑誌《ざっし》が積み重ねてあった。一年中部屋の隅《すみ》から動かないような扇風機《せんぷうき》に、ギターが立てかけてあった。

そして壁《かべ》に、まるでこの部屋のシンボルのようにジャンパーが、こちらに背《せ》を向けてかけてあった。その背中《せなか》に描《えが》かれたイラストは、あたしが見た、空き巣泥棒《どろぼう》の背中《せなか》に描《えが》かれていたのと同じだ。

あたしは思わずスマホを出し、写真を撮《と》った。

4
疑惑《ぎわく》の行方《ゆくえ》

写真を撮《と》ったのはいいけど、どうすればいい？

一瞬《いっしゅん》だけど、あの空き巣が貴夫《たかお》ちゃんと重なった。

背《せ》かっこうは、似《に》ていると言えばそうかも。

いやどうだろう……。日ごとに記憶《きおく》がぼやけていく。

とっさにどうすべきかわからなくて、スマホはしまった。

「どうしたの？」

ビクッと肩《かた》が震《ふる》えた。

貴夫《たかお》ちゃんが、厨房《ちゅうぼう》の上がり口からのぞき込《こ》んでいた。

「あ、あの、トイレに行こうと」

「そう。帰りたくなったらいつでも言って。送るから」

「はい。ありがとうございます」

見られていただろうか、不安になる。

もし貴夫《たかお》ちゃんが空き巣に関係していて、あたしのこと誰《だれ》だかわかっていて、あたしが部屋の中をのぞき見してたのを見ていて、そして帰り、車で二人きりになったら、それはリビングでツキノワグマとチャンネル争いをするより危険《きけん》だろう。

いやしかし、貴夫《たかお》ちゃんが関係していたら、わざわざあたしに近づかないだろう。

それにどう考えたって、空き巣に入る理由がわからない。

仕事はちゃんとしてるし、トムや仲間からも信頼《しんらい》されてる。なによりおばあちゃんが、そんな怪《あや》しい人のところへ、行っておいでとは言わないだろう。

自分をようやくなだめたのに、またママの声が頭の中で響《ひび》く。

「人は見た目ではわからないのよ。あの人のこと誰《だれ》に話しても、暴力《ぼうりょく》をふるう人には見えないって」

ママがパパの暴力《ぼうりょく》を、誰《だれ》か他の人に話したのもショックだった。

あのときあたしはこう言い返した。

「言ったんだ、誰《だれ》かに。それって、秘密《ひみつ》にしておくことじゃないの？」

「聞かれて答えただけよ。うそついてもしょうがないし」

「それって変だよ」

「なにが、どう変なの？」

「なにがって、わかんないけど、それは、変だと思う」

ママはあたしが困《こま》ると笑った。

「反論《はんろん》するなら、ちゃんと意見を用意しときなさい。気分でしゃべらないこと」

トイレから厨房《ちゅうぼう》に戻《もど》ったあたしに、貴夫《たかお》ちゃんが聞いた。

「あの部屋に、美桜里《みおり》ちゃんの興味《きょうみ》をひくような、おもしろいものあった？」

「いや、なんか、雑然《ざつぜん》とした感じが新鮮《しんせん》で。見たことない本とかあったし」

「あはは。寄《よ》せ集めだから。でもみんな、ぼくにとってはお宝《たから》だから」

貴夫《たかお》ちゃんの陽気な声。

あのジャンパーは、どうしたのですかと、聞けそうで聞けなかった。

「美桜里《みおり》ちゃんの家がていねいに作られたツバメの巣だとしたら、ここは、寄《よ》せ集めのカラスの巣だよ。なあ、トム」

「巣があるだけマシだよ」

ハンバーグに使うミンチ肉を、これまた分量をはかりながらわけていたトムが、ぼそっと言う。

「どういうこと？」

貴夫《たかお》ちゃんと目が合う。

「ああ、トムは、ここの二階に住んでる」

「住んでるなんて言えない。寝《ね》て起きる。それだけ。ネット環境《かんきょう》もないし」

トムが不満そうな目を、貴夫《たかお》ちゃんに向けた。

「あたりまえだ。居心地《いごこち》をよくして、居着《いつ》かれちゃ困《こま》る。いつか広い世界へ出ていって、自分で巣を作れ。五年先が十年先かわからんが」

「あのぅ、トムって……」

「うん？　ああ、トムは両親がいなくて、おじさんと血はつながってないけど、一緒《いっしょ》に生活してる」

いろんな疑問《ぎもん》が頭の中をよぎった。

両親とは、どうして別れたのだろう？

貴夫《たかお》ちゃんとは、どこで知り合ったのか？

しかしそれは聞いていいことなのか悪いことなのか、あたしには判断《はんだん》がつかなくて、だまるしかなかった。この前話していた、うまくいかなかった人生と関係があるのは、間違《まちが》いなさそうだ。

「気をつかうことはないから」

わざとはずむようなトムの声が、あたしの沈黙《ちんもく》に対する答えだった。

貴夫《たかお》ちゃんが、今から仕入れに出かけるけど送っていこうかって、聞いてきた。

トムは残るようだ。

カレーを煮《に》るためのスープは、まだ弱火のままコンロにかかってる。

ジャンパーのイラストが、耳障《みみざわ》りな疑惑《ぎわく》のシンバルを、鳴らし続けていた。

「おばあちゃんちに戻《もど》っても、することはないし、ここに残ります」

貴夫《たかお》ちゃんは特に表情《ひょうじょう》は変えずに、トムにくれぐれもスープは煮立《にた》たせないよう、三時になったら火を止めてこしておくように、指示《しじ》して出ていった。

ハンバーグの仕込《しこ》みが終わり、てっきりスマホでゲームでも始めるかと思ったら違《ちが》った。

ノートと問題集みたいなのを出して、勉強を始めた。

「なんだよ、その顔」

あたしがよほど驚《おどろ》いた顔をしてたみたい。

トムがじゃまそうに、真正面にすわるあたしをにらむ。

「まさか勉強を始めるとは思ってなかったから」

つい正直に答えてしまった。

「ああ、これ。一応《いちおう》、高卒の資格《しかく》は取っておきたいし。いつか、こういう仕事したいし」

「こういう？」

「うん、キッチンカー。まあ、実店舗《じってんぽ》を持つのも悪くはないけど」

「じってんぽ？」

あたしの知らない言葉だ。

「建物があるお店のことだよ。そのためには、料理はもちろん、帳簿《ちょうぼ》をつけることも覚えなきゃいけないし。車の免許《めんきょ》だって、できれば大型まで持っていたい。美桜里《みおり》もさ……あ、おまえもさ、好きなことを早く見つけろよ」

「う、うん」

名前で呼《よ》ばれて、それを改めて言い直されたせいで、あたしの胸《むね》はポッと熱くなった。

「好きなことが見つかると、自然と、知りたいことや、知ってないといけないことが出てくる。知ることで人は前に進むし、いろんな人とも出会える。誰《だれ》かが自分を成長させてくれる。これは、貴夫《たかお》ちゃんからの受け売りだけど」

トムは貴夫《たかお》ちゃんを、全面的に信頼《しんらい》している。それと同じように、あたしはトムなら信《しん》頼《らい》してもいいと感じた。

だから聞けたのだと思う。

「貴夫《たかお》ちゃんの部屋にあったジャンパーが、ちょっと気になったんだけど」

「ジャンパーって、どれ？」

「貴夫《たかお》ちゃんの部屋にかかってた、背中《せなか》にカレーのイラストが入ってる」

「ああ、あれならおれも、持ってる。ちょっとでかいけど、二、三着あまってたから欲《ほ》しかったらやるよ」

「いや、そこまでは……」

どこまで聞くべきか迷《まよ》った。

「いっぱいあるんだ」

「何年か前に、十周年記念で作ったんだ。そのときはまだ奥《おく》さんもいた」

「奥《おく》さん？」

「そう、貴夫《たかお》ちゃんの奥《おく》さん。二人に子どもがいなかったから、おれ、もらわれたんだ」

トムがあまりにも簡単《かんたん》に言うから、よかったねって言いそうになった。でもすぐに、それは軽率《けいそつ》だと思った。そんなこと、簡単《かんたん》に、誰《だれ》も言えない。

あたしがだまっていると、トムの表情《ひょうじょう》が曇《くも》った。

「いつもだまっちゃうんだ」

「そ、そうかな」

「うん」

「なに困《こま》ってるの？」

「なんだろう？　いっぱい、いろいろ」

返事になってないか。

話したいことはあったけど、うまく話せそうな気がしない。こんなだから、学校へも行けなくなってしまったのかも。

「そんな深刻《しんこく》な顔するなよ。おれがいじめてるみたいだろ」

あたしはよほどひどい顔をしていたみたい。

「そのうちに、話せるようになったら話せばいいさ」

「ごめん」

あたしは申し訳《わけ》ないような気がした。けっこうキツいことを言われたはずなのに。

「謝《あやま》ることないよ。むしろおれに問題があるのかも」

「どうして？」

「美桜里《みおり》とおれが、まだ気持ちの上で、イーブンじゃないってこと。いろいろ話せるところまで、信用されてないのかな」

トムはまた勉強に戻《もど》った。

シャープペンシルでノートに書き込《こ》む文字は、とても力強い。

ありがとう。

あたしは心の中でつぶやいていた。


今夜のママは、仕事で疲《つか》れ切った顔をしていた。

パパがいなくなってからは、特に無理して笑顔を作ることもなくなった。

また誰《だれ》か死んじゃったのかな。

ママは、いくつかの中学と高校のスクールカウンセラーをしている。会社で、従業員《じゅうぎょういん》のためのの産業カウンセラーもやっている。

「またいつでもきてね」「はいありがとうございます」と、明るくそう答えたまま、寂《さび》しく消えていく命がある。

「○○の母ですが」と電話があると、ママは一年寿命《じゅみょう》が縮《ちぢ》まるという。そのあとに続くのは、たいてい悲しい知らせだ。

あたしに言わせると、ママのキャパはそれだけでいっぱいいっぱいだ。なのに加えて、傷《きず》ついた女性《じょせい》のための活動とかを始めた。

その準備《じゅんび》の頃《ころ》から、パパとのケンカも激《はげ》しくなったんだ。

顔つきとかも、険《けわ》しくなってきた。

もっとパパに相談とかすればよかったのに。

ああ、でも無理か。

どんな話をしても、なぜか口論《こうろん》になる。

相談がいつのまにか議論《ぎろん》に、そして口論《こうろん》が始まる。

きっかけはなんでもよかった。ささいなことから。

「洗《あら》い物、しんどいのなら、やっておこうか」

遅《おそ》い夕食のあと、パパが思いやりに満ちた声で言ったことがある。とたんに、

「あのさ、本当にその気があるなら言わなくてもやってよ。それがやさしさってものじゃないの。私に問題があるように聞こえるんだけど」

ママが眉間《みけん》にしわを寄《よ》せる。

「悪かったな、やさしくなくて。おれだって疲《つか》れてるんだから」

パパはテレビ番組の制作《せいさく》をしている。

休みも決まってないし、帰ってくる時間もまちまちだ。台風など災害《さいがい》の恐《おそ》れがあれば、いつでも出社できるように、休みの日であっても待機している。

「疲《つか》れているかもしれないけど、あなたと私《わたし》じゃレベルが違《ちが》うでしょ。わけのわからない

話を一日中聞いて、変になりそうよ」

「おまえさ、そういう言い方って、それこそ差別的に人を見てるんじゃないのか。よくそれで、カウンセリングとかやれるよな」

「カウンセラーも人間よ。あなたみたいに、人間の上澄《うわず》みだけをすくって、わかったふりをしている人とは違《ちが》うの。その人の人生の、ほとんどすべてに関わってるの」

「なんだか、ひどい言われ方だな」

あたしもひどいと思った。レベルが違《ちが》うとか、確《たし》かに質《しつ》は違《ちが》うだろうけど。

パパはあたしを見て苦笑いすることで、なんとか気を紛《まぎ》らわせようとした。

「あのぅ、洗《あら》い物なら、あたしがするよ」

子どもの前で夫婦《ふうふ》ゲンカするのも、虐待《ぎゃくたい》だって、ママなら知ってるはず。

ママはそんなあたしの声など聞いてなかった。

「そうよ、私《わたし》だっていい人間じゃない。でもね、そういう差別的な感情《かんじょう》もひっくるめて、私《わたし》の感情《かんじょう》だから。それを認《みと》めないから病気になるの。そうした感情《かんじょう》を持ちながらも、そうした人たちと付き合っていくの。逃《に》げ出したくても逃《に》げ出せない。だから、自分を戒《いまし》めたり、ときにはののしったりしながら。あなたにはそんな苦労はないでしょ」

「おれにだって、いろんなしがらみがあるさ」

「でも少なくとも、その人たちは、やめたいと思ったことは、自分の意志《いし》でやめられる人でしょ」

「言ってる意味がわからない」

あたしも同感だ。通っている中学にもカウンセラーはいるけど、いつも静かで落ち着いている。ママはこんなに怒《おこ》って、カウンセリングの仕事ちゃんとできてるのか、心配にすらなった。

ママの不可解《ふかかい》な言葉の意味は、それから幾日《いくにち》かして知った。

ある女子高生が、SNS《エスエヌエス》に悪口を書かれて不登校になりかけていた。ママは彼女《かのじょ》の相談に乗っていた。SNS《エスエヌエス》に書かれる自分の悪口に傷《きず》つきおびえ、なのに、それでもまたスマホを手に自分の傷口《きずぐち》を広げにいく。

ママは、そうしたSNS《エスエヌエス》は見なきゃいいし、あなたの悪口を言う人間は、百パーセントあなたには必要のない人間だって、何度もアドバイスをしたけど、変わることができなくて、結局不登校になった。

わざわざ自分から悪口を見にいって、書いてあると傷《きず》つき、書かれてないと不安になる。

これも自傷行為《じしょうこうい》のひとつだし、依存症《いぞんしょう》だって、ママはため息と一緒《いっしょ》に吐《は》き出した。

そのときはそのときで、パパは、同情《どうじょう》するどころか、

「それって家の中で言っていいのか。守秘義務《しゅひぎむ》はどうなってるんだ」と、ママを責《せ》めた。

今日のママは、そんな口論《こうろん》すらする元気もないほどに疲《つか》れていた。

ダイニングの椅子《いす》にすわりこむ。

「大丈夫《だいじょうぶ》？　ママ」って、あたしがつい声をかけたくらいに。

「大丈夫《だいじょうぶ》よ。ああ、でも」

ママが珍《めずら》しく意識《いしき》的に口角を上げた。

「もう、なにがなんだかわかんない」

泣きそうな表情《ひょうじょう》で弱音を吐《は》く。

「なんでも聞くよ。あたしでよければ」

あたしがそう言えたのは、昼間さんざんトムとおしゃべりしてきた心地よさが、心のどこかに残っていたからだ。誰《だれ》かを励《はげ》ますためには、自分が元気でなきゃいけない。

いつもなら面倒《めんどう》くさそうな目をしてスルーしてしまうあたしが、そんなことを言ったものだから、ママは「えっ」って大きく目を見張《みは》った。

「ママがやってる、女性《じょせい》のための運動なんだけど」

「あっ」

あたしは思いだして、声を上げた。

「そのことだけど、あたしパパに言っちゃったけど、いけなかったかな。ママに確《たし》かめたかったけど、近くにいなかったから聞けなかった」

「あのときママ、トイレに行ってたから」

ママが手のひらを胸《むね》の前で広げる。

ジョークが通じるほどには元気そうだ。

「それで？　あの人、なにか言ってた？」

「ママらしいって。ただあまり自分を追い込《こ》まないように、あたしに注意して見ていてあげてって。パパだって、ママのこと心配してるよ」

「ふざけないでよ、いまさら」

いらついて、残ったお皿のおかずを三角コーナーに捨《す》てるみたいに言う。

「ふざける？　ふざけてないと思うよ」

あたしの胸《むね》に、怒《いか》りの感情《かんじょう》がわき起こる。

言葉と行動。

確《たし》かにパパが取った行動は、怒鳴《どな》ったりするのも含《ふく》めて、DV《ディブイ》にあたることかもしれないけど、じゃあママはどうなの？

ママの言葉は、誰《だれ》も傷《きず》つけてないって言える？

「パパはふざけてないよ」

できるだけ感情《かんじょう》をおさえて、あたしは繰《く》り返した。

「そうよね。ふざけてはいない。でも、別れてからそんなことを言われても、響《ひび》かないよ。一緒《いっしょ》に暮《く》らしてたとき、もう怒鳴《どな》らないとかさんざん約束して最後は……。結婚《けっこん》してすぐだった。機嫌《きげん》が悪いと、いすをけ飛ばしたりゴミ箱を投げたり、ドアを乱暴《らんぼう》に閉《し》めたり。それがどれだけの恐怖《きょうふ》を与《あた》えるか」

「それは、わかるよ」

あたしも、機嫌《きげん》が悪いときのパパは怖《こわ》かった。

ママはだまったまま、リビングを見た。

直したガラス窓《まど》は、新しく買い替《か》えた濃《こ》いブルーのカーテンに隠《かく》れていた。

「わかった」

ママが思いきったように言った。

「私《わたし》のことを心配してくれてありがとうって、次に会ったときに伝えて」

「うん。必ず」

ほっとして、あたしは言葉を紡《つむ》いだ。

「それでママ、女性《じょせい》のための運動がどうしたの？」

「駅前の噴水《ふんすい》広場で集会をやろうとしたら、許可《きょか》が下りなくて。その理由が、あまりにも腹立《はらだ》たしくて」

「許可《きょか》が下りない理由って、なんなの？」

「宗教的《しゅうきょうてき》な集まりや、思想的な集会は公の場では禁止《きんし》されてるって」

そういう集まりなのかって、一瞬《いっしゅん》あたしも思ってしまった。

「それくらいのルールなら、ママだって知ってる。でも、これのどこが宗教《しゅうきょう》的で思想的なの？　しかも、どれだけ説明しても、決まったことですので、としか言わないの。お役所が考えてることって、わからない」

「ごめん、ママ。あたしはママが、なにをしようとしているのかが、よくわからない」

水をさしたくなかったけど聞いた。

聞き流してもよかったけど、今夜のあたしは、聞く耳を持っていた。

エラいぞあたしって心の中でほめたら、なぜだかトムの笑顔を思いだした。自分でほめるかって、トムなら言いそう。

「夜の六時から七時半まで、駅前で、デモをするの」

「デモって、大声で叫《さけ》びながら、行進するやつ？」

あたしは自分でも、眉《まゆ》がピクリと動くのがわかった。

海外だと、暴徒化《ぼうとか》して、スーパーや飲食店を、襲《おそ》ったり破壊《はかい》している動画を目にしたことがある。

ママが鉄の棒《ぼう》とかを、ふり回すんだろうか。

「私《わたし》たちのは、そんなんじゃない。傷《きず》ついたことのある女性《じょせい》たちが集まって――もちろん男性《だんせい》も、そして、自分の経験《けいけん》を話せる人には、話してもらう。マイクは使うけど、叫《さけ》んだり、あおったりはしない。そしてママが考えてるのは、みんなが、なにか、毛のある動物のマスコットや、ぬいぐるみを持って集まれたらいいなって」

「猫《ねこ》とか犬とかウサギとか？」

「そう。それでね」

ママがちょっとてれたふうに笑う。

「キャッチフレーズ。ママが考えたんだけど、〈私《わたし》たちが欲《ほ》しいのは、やわらかな言葉と配慮《はいりょ》です〉っていうの。どう？　いいと思わない」

子どもみたいに目を輝《かがや》かせて、ママが同意を求めてくる。

「うん。いいね」

あたしは親指を立てた。

「そうでしょ。それでね。あと、メッセージを小さな紙に書いてもらって、市役所とか、図書館に張《は》り出そうと思ってるの。でも、そうしたひとつひとつが、男性《だんせい》中心のお役所には目障《めざわ》りみたい。そうそう、東京からもジャーナリストの先生をお招《まね》きしようと考えてるの。話をしたら、ぜひ参加したいって。だから絶対《ぜったい》に成功させたいの。いや、させなきゃならないの。なのに最初の一歩でつまずいちゃって」

ママはせきを切ったようにしゃべってくれた。あたしには、話のすべてを理解《りかい》することはできなかった。

うれしい気持ちも、きちんと伝えたかったのに、言葉が浮《う》かばなかった。

困《こま》ってるあたしに、ママが笑顔でうなずく。

「なんか、美桜里《みおり》に話を聞いてもらったら、力が出てきた」

こういうとき、「あたしもだよ」って、甘《あま》えられたらいいのに。なんだか喉《のど》の奥《おく》がこわばってしまう。

「がんばってね」

あたしには、それしか言えなかった。

でもその言葉を口にしたとき、新しい気持ちが、あたしの心の深いところで芽生えた。

ママが言ってることを、もっと理解《りかい》したい。ママはいつもたくさんの悩《なや》みをかかえ込《こ》んで、大変そうだけど、ちゃんと話してくれたら、あたしだって力になれるかもしれない。

それはママのためでも、あたしのためでもあるような気がした。

ママとたくさん話してわかった。理解《りかい》するって、こんなにうれしいことなんだ。

5　世界一かわいい人

ママは眠《ねむ》そうにあくびをして、車のエンジンをかけた。

「どうなってるの？　今日は一日中ママが家にいるから、おばあちゃんの家には行く必要はないのよ」

「楽しくなってきちゃった。手づくり市とか」

ママは疑《うたが》い深そうな目で、助手席のあたしをちらっと見た。

「楽しい？　トムとかいう男の子のこと？」

いきなり名前を出され、ドキリとした。

今ちょうど、ラインを送ろうとしていたところ。

「男の子と付き合うのはいいけど、気をつけて付き合ってね。二人きりになるとかは、だめよ。なにかあったとき、傷つくのは、たいてい女の子なんだから」

「またそれ。ママはなんで、男の人を、そんなふうにしか見ないの」

「男の人とかじゃなくて、私《わたし》たちは、性的《せいてき》な生き物だから。セックスは人を幸せにもするけど不幸にもする」

「もういい」

なんか、ママを理解《りかい》しようと思っていた気持ちが、失せた。このもやもやとしたものはいったいなんだろう。あたしが間違《まちが》ってる？　いやママだよ。でも言葉でちゃんと表現《ひょうげん》できないと、うちではあたしの負けになる。

トムの名誉《めいよ》のためにも、あたしは反論《はんろん》を試みる。

「ママはトムのこと知らないじゃない。知ろうともしないし。トムはすっごくがんばって生きてるんだから。考え方だってしっかりしてる」

「ああ、ごめん」

ママがいきなり謝《あやま》って、あたしは拍子《ひょうし》抜《ぬ》けした。

「な、なに？」

「ママはべつに、美桜里《みおり》の気持ちを否定《ひてい》するつもりはないから。トム君のことも悪く思っていない」

そしてママは、重大なことを決心するように大きく息を吸《す》った。

「これは、ママの、仕方ない部分でもあるけれど」

前方の信号が、青から黄に変わった。ゆっくりと車は減速《げんそく》する。

「とても個人的《こじん》なこと。私《わたし》は基本的《きほん》に、誰《だれ》も信じないの。信じられない」

「駅前の広場が使えないこと？」

あたしは、デモの計画がうまく進んでいないことだと想像《そうぞう》した。

「それは関係ない。もっと昔に起きたこと」

「昔？」

あたしはつぶやく。

「そう」

ママはしばらくためらっていた。話さない方がいいのかと。

「ママね、高校生のとき、はじめは私立《しりつ》の高校に通っていたの。電車通学。だけど、秋から地元の高校に転校した」

「どうして？」

あたしはとっさにイジメを思った。でも違《ちが》った。

「電車で痴漢《ちかん》に遭《あ》っていた。わからない影《かげ》に身体を触《さわ》られて、毎朝が不快《ふかい》で怖《こわ》かった。学校に相談したら、電車を変えればいいでしょって言われた。あと二本早い電車なら混《こ》まないし、すわれるわよって」

ママの目がきつくなる。

あたしは、それっておかしいって、言おうとした。

「学校は、警察《けいさつ》には連絡《れんらく》したって。それ以上のことは、なんともしようがないって。警察《けいさつ》からは、防御策《ぼうぎょさく》も取ってほしいって」

「なにも変わらなかったの？」

赤だった信号が青に変わる。ママがアクセルを踏《ふ》み込《こ》む。

「そう。もちろん、お母さんにも言ったの」

「おばあちゃん？」

「うん。そうしたらね、私《わたし》にどうしろって言うのってしかられた。あなたが選んだ高校でしょって。もう逆《ぎゃく》ギレよ。しかも、お父さんには言わないでって。怒《おこ》るといけないからって。もう、意味がわかんない」

ママの少女時代なんて、今まで想像《そうぞう》したことすらなかった。

「結局、誰《だれ》も私《わたし》を守ってくれないんだと悟《さと》った。そして私立《しりつ》の高校はやめて、転校して、自転車で近くの公立高校へ通ったの。もちろん三十年も前のことだから、今は学校も社会も、意識《いしき》は変わったけど」

そうだったんだ。

その瞬間《しゅんかん》、フタがはじけとび、中身があふれるようにあたしは思いだした。おばあちゃんの手づくり市へ行かなくなったのは、あたしの意志《いし》ではなかった。ママが、もう行きたくないって言い出した。どうしてあの人のために、大切な日曜日を犠牲《ぎせい》にしなきゃいけないのかって。

あの日、エンジンをかけようとした車のハンドルに、おおいかぶさるようにして、ママは泣いていたんだ。

あたしは、学校へ行きたくない日の自分に置き換《か》えて、妙《みょう》に共感したんだっけ。

ああ、はっきりと思いだした。

そのあとパパの提案《ていあん》で、動物園に行った。

あたしは自分の中では処理《しょり》しきれないモノを飲み込《こ》んだ気がした。

異物《いぶつ》ではない。

が、おいしくもない。

ママですら、時間という名の消化酵素《こうそ》では分解《ぶんかい》できないものがある。

「ごめんね。朝からいやな話を聞かせて。でもママはそのせいで、高校三年間、カレシを作るどころか、男子と口もきけなかった」

今のママからは想像《そうぞう》できない。

「大丈夫《だいじょうぶ》だよ。ねえ、ママって、不器用だね」

「なんで？」

「さっき、ママのことときらいになりかけてた。いきなりトムのこと、あんなふうに言うから。最初に今の話をしてくれてたら、そんなことなかったのに。あたしはトムのこと、ちゃんとママに知ってほしい」

突然《とつぜん》ママが相好を崩《くず》した。

「ふーん。そうか、トムなんだ。トム君とかじゃなくって」

「いや、それは自然と、そう呼《よ》んでるだけで」

こういう言い訳《わけ》にはなれていない。顔がほてる。

そのとき、手のひらでスマホが反応《はんのう》した。珍《めずら》しくトムから返信があった。

文字を見てあたしは思わずドキッとした。


ママにおばあちゃんちまで送ってもらって、おばあちゃんに声だけかけると、あたしはそのまま、キッチンカーの到着《とうちゃく》をまった。

キッチンカーの貴夫《たかお》ちゃんは、いつもおばあちゃんと行動を共にしているわけではない。

日曜日ともなれば、あちこちのイベントから声がかかる。

けっこう人気者なのだ。

あたしは今日は、貴夫《たかお》ちゃんについていく。

トムからのラインの文字を、もう一度確《たし》かめた。

〈今日は陸上競技場《きょうぎじょう》で出店な〉

風花もいるのかな。

昨日〈明日は大会だよ〉ってラインがきてた。スルーしたけど。

中学でも卓球《たっきゅう》をやろうって言ってたのに、裏切《うらぎ》って、陸上部へ入った風花。

「だって、カサベ君に陸部に入らないかって誘《さそ》われちゃったんだもん。断《ことわ》れないじゃん。

あのカサベ君だよ。イケメンで、運動神経《しんけい》バツグン。ピアノが弾《ひ》けて。ホワイトデーには

クッキーを焼くんだって」

「知ってるよ」

知ってるけど、あたしの立場はどうなるの。新しいラケットまで買ったのに。

ふざけるなっていうの！

そしてあの日、ずっとおさえていたわだかまりが一緒《いっしょ》になって噴出《ふんしゅつ》したのだ。

ぼんやり思い出にふけっていたあたしは、そのとき、車のクラクションにとび上がった。

シマウマ模様《もよう》のキッチンカーだ。

「いい感じにとんでた。やっぱりカエルだな、おまえ」

助手席から降《お》りてきたトムがからかう。

後ろのドアを開け、あたしを乗せると助手席に戻《もど》らず、あたしのあとに乗り込《こ》んできた。

狭《せま》いのに。なんで？

進行方向左側の窓《まど》は、下ろしたひさしでおおわれ、光が入らない。反対側に、小さな窓《まど》があるだけ。

左右に荷物があふれ、あたしは、真ん中にできた隙間《すきま》に、丸いすを置いてすわった。

トムは真ん前のプロパンガスボンベの上に、段ボールを敷《し》いてすわる。

近すぎる。

風邪《かぜ》をひいたとき、医師《いし》から診察《しんさつ》を受ける距離《きょり》だ。

なんかてれる。でも、うれしいかも。

運転席とをつなぐ小さな窓《まど》が開いて、貴夫《たかお》ちゃんが「転ぶんじゃねーぞ」って、声をかけてきた。

「ボーッと、なにを考えてた？」

トムはまだにやついてる。心の距離《きょり》も近くなった。

「あたしの顔、そんなに変だった？」

「うん。まあそんなことより、最近誰《だれ》かとしゃべったか？　おれたちや親以外と」

トムが急に真顔になる。見つめる目力が強い。

あたしは即答《そくとう》できずに、自分の手に視線《しせん》を落とす。

「なるべくしゃべった方がいい」

どうして決めつけるんだろう、とちょっぴり疑問《ぎもん》を感じた。

「そのうち、しゃべりかたを忘《わす》れてしまうから。おれがそうだったから」

「トムが？」

「うん。おれ、父親は下が生まれてすぐに、オンナ作って出ていった。母親は、おれたちをばあちゃんに預《あず》けて、夜になると遊び回って、昼間はほとんど寝《ね》てた。おれが小学校三年のとき、いろいろあって、消えた。ばあちゃんも、中学生になったときに死んで、施設《しせつ》に預《あず》けられて、もう学校にも行かなかった。しゃべる相手がいないとさ、どうしてか、一日中腹《はら》が立つ。ずっと怒《おこ》ってた。社会に対して、自分に対して、生まれてきたことにも」

あたしは窓《まど》の外の風景と、トムのうすい唇《くちびる》を交互《こうご》に見た。

「そんとき、友だちもなくて、かといって引きこもる場所もないし、お金もなくて。チャリでサンフラワーガーデンをふらふらしてたら、貴夫《たかお》ちゃんに、声をかけられた。秋だったけど、ちょうど今のおまえと同じ中一のとき」

「そんな出会いがあったんだ」

「ああ。それで、カレーは好きか？　とか聞かれて、ヒマなら、手伝ってくれって頼《たの》まれて。まあ、じっさいヒマだったし。なんにもすることがないって、それはそれで、いいこ
とかもしれない」

「よかったね、貴夫《たかお》ちゃんと出会えて」

「おれのこと、コイツはほっといちゃいけないって、見てすぐにわかったって」

「すごいね」

「あの人と出会って気がついた。自分を大切にしてくれる存在《そんざい》なら、それが父親とか母親
とかでなくてもよかった。おれは誰《だれ》かから大切にしてほしかったんだ」

トムが笑顔で話す。キッチンカーでお客さんに商品を渡《わた》すときと同じ、まざりけのない
笑顔だ。

「でもどうしてそんな話を、あたしに？」

車は、宮川大橋を渡《わた》って、隣《となり》の市に入った。

「イーブンにしておきたかったから」

「イーブン？　この前も言ってたよね」

「そっ。おれの話はしたから、次は、おまえが話す」

「なにを話すの？」

「そうだなぁ。今いちばん楽しいこと？」

「そんなの……」

今いちばん楽しいのは、こうしてトムと話してるときだなんて、てれくさくて言えるわけがない。

思わず目をそらしてしまった。

「じゃあ、今、いちばん困《こま》っていること」

困《こま》ってると言われ、まっ先にママのデモのことを思い浮《う》かべた。

「なに？」

「う、うん。でもこれは違《ちが》うかな？」

「なんでもいいよ。しゃべりにくかったら、窓《まど》の外を見てしゃべればいい。ほら、丘《おか》の上にすわって空の雲に向かって語りかけるように」

わっ。なんて詩的な表現《ひょうげん》。

意外すぎて、ドキドキした。

「あたしっていうか、ママが困《こま》ってる。今度ね、集会をしようとしてるんだけど、駅前の広場が借りられそうになくて、困《こま》ってる」

あたしはデモという言葉を使おうか迷《まよ》ってやめた。

「集会って、なに？」

「それは、女の人たちが、自分たちのつらい経験《けいけん》を、社会に向けて発信していくための集会。だけど、思想的な集会だと思われて公共性《こうきょうせい》が高い場所は使わせてもらえないって」

トムにどれだけ伝わったかわからない。

「その場所がどうしても必要なの？」

「うん。なるべく多くの人に見て聞いて、知ってほしいから。夜の駅前がいちばんいいんじゃないかって」

「そうかぁ……一度、貴夫《たかお》ちゃんに聞いてみる。けっこう顔広いし、いい方法があるかもしれない」

そしてトムは、少しだまったあとで言った。

「お母さんのこと、好きなんだ」

「えっ？　まあ」

「うらやましいな。おれの母親は、おれをただ産んだだけ」

あたしには返す言葉がない。トムがかかえてる憎《にく》しみや怒《いか》りに比《くら》べれば、あたしのそれは、比較《ひかく》にならないくらいに小さい。

あたしは共感すらできないでいた。

「だから、おれはあの人をきちんと憎《にく》む」

「憎《にく》む？」

「そう。そして幸せになることで、仕返しをする。そのためには、おれはちゃんと生きる。たとえおれの人生が、思ったようにいかなくても、あいつのせいにしたくない」

この話を聞いて、ママならなんて言うだろうか？

たぶん、こう言う。

「それでいいと思うよ」

あたしが口に出すと、トムは子どもみたいな顔でほほ笑んだ。

そして、「ありがとう」って、答えた。

「あたしの方こそ、ありがとう」

共感はできないけど、そのために必要な距離《きょり》まで、少し近づけた気がした。

「あたしね、ずっと腹《はら》を立ててるの」

なぜだかすっと言葉が出た。

「お母さんに？」

「ううん、風花。ほら、焼き肉屋さんで会った子。中学に入ったら一緒《いっしょ》に卓球《たっきゅう》やろうねって言ってたのに、裏切《うらぎ》って、陸上部に入っちゃった」

「え、そんなの、よくあることだろ」

「まあ、そうだけど……」

そうだよな。よくあること。それよりもっとあたしが許《ゆる》せないこと。

「ねえトム、あたしって、ぶさいくかな？」

「えっ？　いや……」

急にトムは焦《あせ》った声になる。

「やっぱりそうか」

「いや、そんなことないって。もしかして、さっきの、傷《きず》つけた？　カエルみたいな顔って。あれは、愛嬌《あいきょう》があるっていう意味で、悪意はないし、ぶさいくでもないよ」

「そっか。愛嬌《あいきょう》ね。好意的に受け止めておきます」

面倒《めんどう》くさいヤツと思われたくなくて、あたしは笑顔で返した。

「でもどうして？」

トムは真顔だ。

「クラスの男子が、ブサイクコンテストっていうのをやって、それで問題になった。ラインで回してたんだけど、クラスの女子五人が候補《こうほ》にあがってた。そのうちの一人があたし。しかも、添付《てんぷ》してあった写真は、あたしが風花に、誰《だれ》にも見せないでねって送ったブサ顔だった。そんなの無断《むだん》で男子にさらすなんて、信じられない。そもそも、容姿《ようし》で差別するなんておかしいって」

「確《たし》かに失礼だな。それで風花って子は、謝《あやま》らないの？」

「謝《あやま》ったよ。でもね、これが美人コンテストだったら、同じように怒《おこ》ってたかって言われた。男も女も、そういうもんでしょって。あたし、言い返せなくてくやしかった。気がついたら、もうあんたとは話したくないって言ってしまった。あたし以外の候補《こうほ》にあげられた四人まで風花の側に立ってた。しかも男子から、おまえはそもそも、性格《せいかく》がブスだぜって言われて……」

「孤立《こりつ》しちゃったってこと？」

「そう」

話したとたん、あの日の気分がよみがえった。

教室の天井《てんじょう》と壁《かべ》が一気に迫《せま》ってきて、おしつぶされそうな恐怖《きょうふ》に襲《おそ》われた。みんなの視《し》線《せん》が、おまえなんかこのクラスから出ていけと、あたしを冷笑していた。

「中学生になったばかりなのに、なにやってんだかって感じ」

「美桜里《みおり》は悪くない。としか、おれには言えないけど」

「ありがとう」

「わかるよ、その虚無感《きょむかん》」

「虚無感《きょむかん》？」

「うん。絶望感《ぜつぼうかん》が突然《とつぜん》おし寄《よ》せてくる感じ。力がどこにも伝わらない感じ。傷《きず》ついた気持ちの行き場がないんだよな。単純《たんじゅん》な言葉ほど、人を傷《きず》つけるし。性格《せいかく》がブスとかさ。おれも母親から傷《きず》つけられた。あんたなんかいらないって」

「あ……」

それってたぶん、トムのいちばん触《ふ》れちゃいけない部分なはず。それを、あたしには話してくれるんだ。

「でもさ、それはそれでいいよ。仕方ないことだしさ」

トムはあたしを励《はげ》まそうと軽く言う。

「だからこそ、おれはおれを必要とする人を探《さが》す。美桜里《みおり》だって、きっと自分を必要とする人がどこかでまってるはず。今じゃなくて、将来《しょうらい》のことかもしれないけど。そのためには、ちゃんと人と出会う準備《じゅんび》が必要」

トムはあたしに、学校へ行けというのだろうか。貴夫《たかお》ちゃんがあたしの学校のこと心配したら、そんなくだらねえこと聞くんじゃねえって、そう言ってなかったっけ。

「風花って子、そんなヤツだったんだ」

「ああ、でもそんなに悪い子じゃないよ。あのときだって、あたしは結局、ちゃんと言い返せなかった自分自身に怒《おこ》ってた気がする」

どうしてだろう。気がついたら弁護《べんご》していた。

トムにちゃんと話せたことで、からまっていたわだかまりがほぐれ、整理されて、心が軽くなったせいかも。

窓《まど》の外に、緑が多くなってきた。

青い空を背景《はいけい》に、競技場《きょうぎじょう》が近づいてくる。

オレンジ色の大きな横断幕《おうだんまく》が、競技場《きょうぎじょう》の正面で出迎《でむか》えてくれた。

小、中学校合同の大会のようだ。駐車場《ちゅうしゃじょう》から、応援《おうえん》する親たちがコンクリートの正面階《かい》段《だん》に急ぐ。

キッチンカーは、正面脇《わき》の広いスペースに出店する。

ほかにも地元のスーパーマーケットが、焼きそばやお好み焼きを、パックにして売っていた。

パン屋さんの黄色い車には、まだ十時を回ったばかりだけど、もう人がつめかけている。

あたしたちも急いで準備《じゅんび》した。

競技場《きょうぎじょう》の中から、アナウンスの声やスタート時のピストル音が聞こえる。そして選手たちの背中《せなか》をおす歓声《かんせい》。

トムと貴夫《たかお》ちゃんは、カレーとからあげの準備《じゅんび》に専念《せんねん》。あたしはテーブルを並《なら》べたり、ゴミ袋《ぶくろ》を用意した。

すぐにお客さんが並《なら》び始めた。

一時を過《す》ぎた頃《ころ》、見覚えがあるクリーム色のジャージの一団《いちだん》が、小走りに競技場《きょうぎじょう》の階段《かいだん》を下りてきた。

あたしが通っている中学のジャージ。

十メートルほど先で、風花はあたしに気がついた。

一瞬《いっしゅん》、「えっ⁉」って、顔になったけど、すぐに「ブサイクコンテスト」の男子と、にやけた顔を見合わせた。

ほかにも二人いたけど、イケメンのカサベ君は誘《さそ》いを断《ことわ》ったのか姿《すがた》はなかった。

「おいしいのかな、ここのカレー」

風花があたしの顔を見て、挑《いど》むように言う。

「キッチンカーに、そんなものを求めちゃだめだよ」

男子が笑う。

あたしは、カチンときて言った。

「べつにあなたたちに食べてもらわなくても」とそのとき。

「おい、美桜里《みおり》」

キッチンカーの中から、やさしい声でトムが止めた。そして「ねえきみ」と、風花を手招《まね》く。

風花の瞳《ひとみ》が、たっぷり水をあげた花のようにキラキラする。

わかりやすい。

「こう見えても、けっこう人気あるんですよ。キッチンカーランキング、カレー部門では、いつも五位以内に入ってます。ぜひ、だまされたと思って、食べてみてください」

トムの方が、怒《いか》りが爆発《ばくはつ》してもいいくらいなのに、とてもスマートに笑顔を放った。

にっこりされると、風花は、人格《じんかく》まで変わる。

「はい。だまされてみまーす」

「そうそう。きっと食べてよかったって思うから」

トムが調子を合わせる。

注文をすませると四人は席についた。

五分ほどで、カレーができる。あたしはトレイに器をのせながらトムに言った。

「からみ調味料、山ほどかけて、激辛《げきから》にしてやろうかな」

「いや、だめだ」

トムは笑顔をたたえたまま、穏《おだ》やかに首をふる。

「おれに、もっといい考えがある」

二人でカレーを運んだ。

「おまたせしました」と、トム。

「ごゆっくりどうぞ。ってわけにもいかないか」と、あたし。

そうして、立ち去ろうとしたトムが、ふと足を止めて、風花を見た。

「そうだ。きみにお願いがあるんだけど」

「えっ？　はい……なんですか？」

「学校で、ずいぶんと傷《きず》つけられたって、美桜里《みおり》から聞いたんだけど。これからもし、美《み》桜里《おり》がクラスに戻《もど》ったら、彼女《かのじょ》を助けてあげてくれるかな。彼女《かのじょ》はぼくにとっては、世界一かわいい人だから」

風花が驚愕《きょうがく》の表情《ひょうじょう》に変わった。

「はい、もちろんです」

風花はもげそうなくらい、激《はげ》しく首をたてにふる。

「きみたちもだよ」

隣《となり》にすわる男子には鋭《するど》い視線《しせん》を浴びせる。

あたしはぽかんと突《つ》っ立って、歯の浮《う》きそうになるセリフに、恥《は》ずかしがる余裕《よゆう》すらなかった。

昼食は、スーパーが出しているテントの店で、あたしは焼きそば、トムはお好み焼きを買った。

さっきまで風花たちがすわっていたテーブルに向かい合わせですわる。

トムの肩越《かたご》しに、貴夫《たかお》ちゃんが、キッチンカーの前でお客さんとしゃべってる。

コアな貴夫《たかお》ちゃんのファンがいて、追っかけてくる常連《じょうれん》さんだ。

でも貴夫《たかお》ちゃんを見ていると、あたしはジャンパーのことを思いだす。あのカレーのイラストだ。

「もしかして、さっきのおれの態度《たいど》で怒《おこ》ってるの？」

あたしが無口だったせいで、トムが聞く。

「えっ？」

「ちょっと、軽率《けいそつ》だったかな。あんなセリフ」

「ちょっとね。許容範囲《きょようはんい》だけど」

そんなことないです。めっちゃクチャうれしくて、あれが本当ならいいなって思ってました、とは言えない。

ただ、今なら、トムを信頼《しんらい》してジャンパーのイラストのことを聞ける。

「じつは、ずっと気になってることがあって」

「なんのこと？」

あたしはちらっと、キッチンカーの方を見た。あたしの視線《しせん》をトムが追う。

「貴夫《たかお》ちゃんのこと？　どうかしたの？」

「あの、うちに空き巣が入ったことは、聞いてるよね」

「ああ。焼き肉屋でなんとなく、浩子《ひろこ》さんが、そういうこと話してた」

「あたし、空き巣が入ったとき、犯人《はんにん》の後ろ姿《すがた》を見たの」

「それと貴夫《たかお》ちゃんと、なにか、関係があるの？」

「犯人《はんにん》が着てたジャンパーの背中《せなか》に、カレーのイラストが描《か》いてあった。それが貴夫《たかお》ちゃんの部屋にあったやつと同じなんだ」

「あれと同じ絵」

「うん。スプーンがついてたし」

見間違《みまちが》うはずがない。

「この前も聞いてたよな。あのジャンパーならおれも持ってる。てか、けっこう作って、お客さんに配ったり、売ったりもした」

「あたしの中で、ずっともやもやしてて。かといって、警察沙汰《けいさつざた》にして、貴夫《たかお》ちゃんやトムを巻《ま》き込《こ》みたくないし」

「どんな感じの後ろ姿《すがた》だった？」

「小柄《こがら》でやせ型で、髪《かみ》が長かった」

「髪《かみ》が長いって、女？」

「どっちだろ……あ、でも、そうかもしれない」

そうだよ。貴夫《たかお》ちゃんとは、そもそも髪《かみ》の長さが違《ちが》う。あれはもしかしたら女の人かも。

トムがだまって、遠くを見ていた。

「心当たりがあるの？」

「ない」

トムは怒《おこ》ったような声で、即座《そくざ》に否定《ひてい》した。

夜、風花から、矢継《やつ》ぎ早にラインがきた。

〈ねえねえ、あの男の子、この前、焼き肉屋さんで一緒《いっしょ》だったよね？〉

〈ホントに付き合ってるの？〉

〈私《わたし》にも紹介《しょうかい》して。あの子の友だちでもいい。きっとかっこいいよね！〉

〈カサベは、もう、どーでも、いい〉

〈チューイチ男子、ガキすぎてつまんない〉

〈なんか、大人な雰囲気《ふんいき》よかった〉

〈キスした？〉

風花は、どんな現実《げんじつ》もクッションにして、ちゃんと心地よい着地点を作る能力《のうりょく》を持っている。

ひとことで言うと自己《じこ》チュー。

こんなヤツと、正面切っていがみ合ってもしょうがないと、文面を眺《なが》めながら笑ってしまった。

そもそも相手は、なんとも思っていないのだから、あたしがすねているようにしか映《うつ》らない。あたしが惨《みじ》めになるだけだ。

それにしても……。

あたしは本当に、ブスなんだろうか？

久《ひさ》しぶりに、じっくりと鏡をのぞいた。

カエル顔だっていうのは自覚してる。顔の輪郭《りんかく》はパパに似《に》てる。首が短いから、よけいに顔の丸さが引き立つ。

せめて目が、もう少し真ん中に寄《よ》ってくれていれば。この目はママかな。

まあ、たいていの場合、なにを言われても気にはならないけど、きらいな子から言われるとカチンとくる。

結局、誰《だれ》に言われるかが問題なんだろう。そしてそのときの心の状態《じょうたい》。

そう！

今なら、たとえ誰《だれ》から「ブサ顔」って言われても、あたしは平気。だって自信がある。

トムがあたしのことを、世界一かわいい人って言ってくれた。

それだけで、強くなれる気がした。

心って不思議だ。

6　それもDV《ディブイ》だよ

パパと買ったおそろいのT《ティー》シャツ。

ストリートバスケットをしている二人の少年のイラスト。パパが高校生のとき、バスケ部だったからあたしが選んだ。

ママはこのT《ティー》シャツについて、ひとことも触《ふ》れない。あたしが自分で服を買う習慣《しゅうかん》はないからわかっているんだろうけど。

どうして聞いてくれないの？

聞いてくれたら、そこからパパの話につながっていけるのに。離婚《りこん》するって、お互《たが》いの気持ちを重い扉《とびら》で閉《と》ざし、特注の鍵《かぎ》をかけることなのだろうか。

たとえ理解《りかい》し合えないところがあっても、わかり合える部分で交流を重ねれば見えてくる明日があると、そう考えるのは、あたしが幼《おさな》すぎるから？

「じゃあ行ってくる」

「気をつけてね」

ママの車を降《お》りる。

駅前広場を、はじめてじっくりと見た。

周囲にはバス乗り場やタクシー乗り場があって、三角屋根の時計台と植え込《こ》みの紫陽花《あじさい》が、やさしい街をアピールしている。

れんが造《づく》りの噴水《ふんすい》は周囲も広く、待ち合わせの場所だ。

水の中に立つ少女の像《ぞう》は、左手を差し出し、その手の甲《こう》に、平和を象徴《しょうちょう》するように小鳥が乗る。

「平和の泉《いずみ》」

名前があることも知らなかった。

今日もパパの車に乗り換《か》える。

「やっぱり、スポーツをしてない人間が着ると、パッとしないな」

パパは車の運転をしながら言う。左手で、少し出てきたお腹《なか》をつまんだ。

助手席から眺《なが》めても、ぽっこりしている。

「大人になったな」

ふいに言われ、なんのことかわからなかった。

「昔だったら、なにも考えずに、そんなことないよパパかっこいいよって、言ってくれたんだけどな」

「言ってほしかったら言うよ。パパかっこいいよ」

あたしはわざと棒読《ぼうよ》みで言う。

「あはは。ありがとう。今日はどこへ行こうか？」

「きれいな景色が見たい。この前、情報《じょうほう》番組でやってたやつ。あの番組、パパが制作《せいさく》したんでしょ」

「ああ、新しくなった展望台《てんぼうだい》な。よし行こう」

パパが車のスピードを上げた。


深呼吸《しんこきゅう》すると、潮《しお》の香りが胸《むね》の中を満たした。

展望台《てんぼうだい》からは、リアス海岸が一望できた。

青い海と緑の島。

波頭が、ときおりいかだを洗《あら》う。

複雑《ふくざつ》な入り江《え》に漁船が揺《ゆ》れるその姿《すがた》は、神さまが、見えない手で遊んでいるようで頼《たよ》りない。

水平線あたりは、白くかすんで、あたしとパパとの関係みたいに曖昧《あいまい》だ。

ママもくればよかったのに、とは言えないもどかしさは、ごまかしようがなくて、知らないあいだにだまり込《こ》んでいた。

「どうした？　思いつめたような顔をして」

パパに言わせてしまった。

「ううん、なんでもない。そうだ、ママがね、女性《じょせい》のためのデモをするんだって」

「ほう。いよいよ形になってきたか」

「それが、駅前の広場を使おうとしてるんだけど、市の方で断《ことわ》られたんだって」

「そうか。じゃあ、ほかを探《さが》さなくちゃな。サンフラワーガーデンは？」

「あそこは土日の昼間しか、人がいない」

「うーん。人権《じんけん》センターにホールがあったはず」

「ママは、不特定多数の人に、知ってもらいたいんだって」

「ああ言えば、こう言うだな……」

「…………」

パパの言葉に違和感《いわかん》を感じた。すると降《ふ》ってくるようにトムの声がした。

――いい方法があるかも。

トムはそう言って、貴夫《たかお》ちゃんに相談してみると言った。なのにパパは、最後には、イヤミっぽく突《つ》き放す。

「パパ」

「なに？」

「そういうのって、ママが、いちばんきらう言葉だよ」

「なにが？」

「ああ言えば、こう言うとか」

思わず責《せ》めるように言った。

ほかを探《さが》さなきゃいけないのは、ママにだってわかってる。欲《ほ》しいのは、寄《よ》りそってくれる言葉じゃないかな。

もちろんママにも、相手の考えを否定《ひてい》するところがあったけど、たぶん質《しつ》が違《ちが》うのだろう。皮膚《ひふ》感覚でしか、とらえられないような。

「そうだったな」

パパにもわかってる。

ママが扱《あつか》っているのは、人の心なんだ。代わりがきくものじゃないし、永遠《えいえん》に悩《なや》み続ける人の方が多いのかもしれない。

パパの仕事は正反対で、どういう番組を作って、いついつ放送だから、そこから逆算《ぎゃくさん》して制作工程表《せいさくこうていひょう》を作る。

もし計画Aで不具合が出たら、すぐさま計画Aに替《か》わる計画Bを作成する。悩《なや》んでいる時間などない。

仕事の違《ちが》いからいつのまにか、考え方にまですれ違《ちが》いが生まれていたのだろう。

そしてそんなパパだから、思い出の大切な花《か》びんまで投げつけて、粉々《こなごな》に壊《こわ》してしまえたのだろう。


あたしが、十一歳《さい》のときだった。

玄関《げんかん》の靴箱《くつばこ》の上にのっていた花《か》びんは、パパとママが結婚《けっこん》したとき、共通の友だちからのプレゼントだとあたしはそう聞いていた。

水が腐《くさ》ってたんだ。

花を生けなくなって、ずいぶんと日がたって、なんとなく玄関《げんかん》がにおうようになった。

休日にパパが、「玄関《げんかん》なんとかならないのか」と言い出した。

「パパの靴《くつ》がくさいんでしょ」

と、ママは冗談《じょうだん》のつもりで言ったのだけど、笑って言い返すときもあるのに、あの日は、そのひとことがパパの怒《いか》りのスイッチをおした。

スイッチの感度はいい。

パパは言い訳《わけ》するすきも与《あた》えず、即座《そくざ》にママを玄関《げんかん》へ引っ張《ぱ》った。

ごめんごめんと、げた箱の前で、ママは怖《こわ》がる子どものようにしゃがみこんだ。パパがママの顔の前に花《か》びんをおしつける。

「これがおれの靴《くつ》のにおいか」と。

「水を捨《す》てて洗《あら》うわよ」と、花《か》びんに手を伸《の》ばした瞬間《しゅんかん》、パパはママの頭の上から、腐《くさ》った水をかけた。

異臭《いしゅう》を放ちながら、どろどろした水が、ママの黒い髪《かみ》をぬらした。

「花なんか、めったに生けないくせに。こんなものいらないんだよ！」

パパは怒鳴《どな》ると、玄関《げんかん》ポーチに花《か》びんを投げつけた。花《か》びんは砕《くだ》けた。

あたしは怖《こわ》かったくせに、われても意外と音がしないんだって、そんなことを思ったのを覚えてる。人間は本当に怖《こわ》いと、違《ちが》ったことに意識《いしき》を向けるんだと、そのときあたしは知った。

パパ自身はその怒《いか》りと自分の行動を、ある程度《ていど》予想していたと、あたしは思う。あたしとママの靴《くつ》は汚《よご》れたけど、パパの靴《くつ》は、げた箱の中にパパが直してあったから。

そして、そこまで怒《おこ》らなきゃならなかった本当の理由は、最後までわからないままだった。ちゃんと言葉にする努力すらしなかった。

花《か》びんの後かたづけをしながら、ママが言った。

「美桜里《みおり》は我慢《がまん》できる？　あんなパパで」

あの日もう、ママは決めていたのかも。


「カフェでなにか飲もうか？」

あたしはパパと、海に面した木のテーブル席にすわった。

気温の上昇《じょうしょう》に合わせ、潮《しお》の香りが強くなる。

あたしはメニューを取った。

二人とも、「百パーセント夏みかんジュース」にした。

「そういえば、ママは怒《おこ》ってなかったかな？」

「えっ？　Tシャツ《ティー》のことなら、たぶん知らないふりしてる」

「いや、パパのことでさ。今月はお金を入れるのを忘《わす》れてて、一週間遅《おく》れた」

「さあ、特には」

たぶん、養育費とかそういうたぐいのものだろうと、あたしにもさっしがついたけど、詳《くわ》しい内容《ないよう》までは知らされていない。

「これも契約《けいやく》だから、滞《とどこお》ったりすると、美桜里《みおり》とも会えなくなる。ところで、学校へは、まだ行けてない？」

「うーん。行けてないといえば、行けてない」

「ママはなにかしてくれないのか？」

「なにかって？」

「学校と話し合うとか」

「いや、特には。これはあたしの問題だから。そこは尊重《そんちょう》してくれてる」

「尊重《そんちょう》？　学校へ行けてないのが問題だろ」

「それはちょっと、違《ちが》うかな」

「なんだよ、それ」

パパの話し方から、あきらかにいらついているのがわかる。

自分の元家族が、手の届《とど》かない場所にあるのが耐《た》えられないのだ。「勝手にすればいいさ」とつぶやいたのを、あたしは聞こえないふりした。

「今、キッチンカーに夢中《むちゅう》なの」

「えっ？　ママ、そんな車買ったのか。ママがアウトドア派《は》だったとは知らなかった」

パパはたぶん、キャンピングカーと間違《まちが》えてる。

「そうじゃなくて、お祭りで、ピザとかクレープとか売ってる車」

なぜだかカレーは避《さ》けてしまった。

「ああ、そっちか」

「あたしも大きくなったら、キッチンカーとかやってみたいな」

「無理だって。思ってるほど楽じゃないぞ」

「でも、やってる人、けっこういるよ」

「あれは、特別な人だよ」

「特別？」

「だからそういう……」

パパは適当《てきとう》にごまかす。

特別。きっとそれは、否定《ひてい》的な意味で使ってる。

「それこそ収入《しゅうにゅう》も不安定だし」

「結局お金なんだ」

「そりゃそうだろ」

「でも、この前は、なにかやりたいことはあるのかとか聞いてきたくせに。こっちが具体的に話し出すと、ああそれはだめって、否定《ひてい》する」

「否定《ひてい》はしていないよ。ただ現実《げんじつ》を話してるだけ。パパはこういう仕事をしてるから、そりゃ、いろんな仕事を見てる。だからこそ、美桜里《みおり》には苦労してほしくない」

「苦労なら、今だって充分《じゅうぶん》してる。そもそも苦労って、なに？　お金？」

「そうだよ。今だって、もしパパが、家のローンと養育費を払《はら》わなかったら、たちまち困《こま》ったことになるんだから。子どもの貧困《ひんこん》とか、美桜里《みおり》も聞いたことくらいあるだろう」

「パパッ！」

「えっ？」

「さ、い、て、い！　今のもDV《ディブイ》だよ。パパわかってるの？　経済《けいざい》的にコントロールしようとする発言」

「いや、だから、パパはそんなことはしないさ。ただお金は美桜里《みおり》が思っているよりも大事だってことだよ。美桜里《みおり》とこうして会うことも、住宅《じゅうたく》ローンの支払《しはら》いと連動した約束事になっているんだから」

パパが契約《けいやく》という言葉を使わなかったことは評価《ひょうか》するけど、それでもあたしはガッカリした。そして腹《はら》が立つ。

貴夫《たかお》ちゃんやトムの生き方を、否定《ひてい》されたようで。

パパとはもっと、可能性《かのうせい》を感じることができる話がしたかったのに。

「あたし、帰るから」

まだジュースは半分残っていたけど、欲《ほ》しくない。

ガガッと椅子《いす》をずらして立つと、パパが焦《あせ》った顔になった。

「おい、まだいいだろ」

「つまんない。帰る」

パパも立ち上がってあたしの腕《うで》をつかもうとした。

「やめてよ、もう」

時間より早く帰るのは、契約違反《けいやくいはん》だっけ？

答えにたどり着く前に、さっきからあたしの視界《しかい》にいた男性《だんせい》二人がすくっと立って、あたしたちの方へ早足で歩いてきた。

「あのぅ、すみません。ちょっといいですか」

男がポケットからなにかを出した。

あたしが警察《けいさつ》手帳を見たのは、生まれてから二度目だった。

「あっははは。ママもそれ、見たかったな。そう、あの人、しどろもどろになってた。防犯《ぼうはん》カメラに残ってたらぜひ見たいな。そっか、きょう平日だもんね」

笑いすぎて、ママが手にしていたグラスから、白ワインがこぼれた。

「パパ一生懸命《いっしょうけんめい》に、ほら、おそろいのT《ティー》シャツ着てるでしょって訴《うった》えてた」

「それでも美桜里《みおり》は、保護《ほご》してくださいって言ったわけ」

「うん。腹立《はらた》ってたし。パパは自分の話がいかに正論《せいろん》か、それにしか興味《きょうみ》がないんだもん。あたしがどうして腹《はら》を立ててるかなんて、考えようともしないんだよ」

「男って、たいていそんなもんよ。女はバカで論理的《ろんりてき》に物事を考えられない。そして感情《かんじょう》的《てき》。ほっときゃそのうち、機嫌《きげん》が直ると思ってる」

ママは威勢《いせい》よく言い切るけど、そこには少し疑問《ぎもん》を感じた。トムはこの前、あたしのこと気遣《きづか》ってくれた。尊重《そんちょう》してくれてる気がした。だからこそ、そんなトムの仕事を悪く言うなんて、許《ゆる》せなかった。

「なんにも知らないくせに、キッチンカーの悪口を言うんだよ」

「キッチンカーじゃなくて、トム君の悪口でしょ。ママも会って、一度ちゃんと紹介《しょうかい》してほしいな。美桜里《みおり》のカレシに」

「カレシじゃないって」

あたしは顔も心もほこほこしてきた。

そうだった。あたしはママと、こんな会話がしたかったのだ。

ふと疑問《ぎもん》がわいた。

「ねえ、ママ、なんか変わった？」

「どうして？」

「だって、男の人にはあれだけ気をつけなさいって言ってたのに」

「それは今も変わらない。ただね、もうそろそろあなたを大人として、認《みと》めなきゃいけないなって思ったの。その代わりに、ママの相談にも乗ってね」

「うん」

ママが機嫌《きげん》よすぎて、ううん、あたしもだけど、本当は契約《けいやく》のことで言いたいこともあったけど、今夜はお預《あず》けだ。

そして、ママのトムに会いたいという希望は、案外早くかなえられたのだった。


「早くお風呂《ふろ》に入ってしまいなさい」

「ママも、飲みすぎないでね」

言葉をかわしたとき、インターホンのチャイムが鳴った。

一瞬《いっしゅん》パパかなと思った。

ママが複雑《ふくざつ》な表情《ひょうじょう》で、ダイニングのモニターに歩いた。

時計はもう十時になろうとしていた。

「あっ、すみません。手づくり市でお世話になっている、中世古貴夫《たかお》といいます」

貴夫《たかお》ちゃん⁉

声を聞いて、あたしもすぐインターホンをのぞき込《こ》んだ。

人感センサーの白いライトの中に、三人の男性《だんせい》の顔が浮《う》かび上がっていた。

ぺこぺこ頭を下げる貴夫《たかお》ちゃんの横に、顔半分だけのトム。それから、後ろにいるおじさんは……誰《だれ》？

どこかで見たような気もする。

ママが答えようもなくだまっていると、貴夫《たかお》ちゃんが続けた。

「駅前広場の使用許可《きょか》の件《けん》で、お話がしたくて、直接《ちょくせつ》市長をお連れしました」

「市長！　すみません、すぐに……」

ママは慌《あわ》ててドアを開けた。

あたしも思いだした。お祭りのあいさつや市の広報誌《こうほうし》で、よく見かけるおじさんだ。

「こんな時間に、どうもすみません」

「こちらこそ。いつもわがままな娘《むすめ》がお世話になって。さぞかしご迷惑《めいわく》で」

「まあ、それは……」

あれ？　貴夫《たかお》ちゃんは否定《ひてい》しない。

あたしはトムと目が合って、思わず笑ってしまった。

リビングに入ってくると、貴夫《たかお》ちゃんがママに深々《ふかぶか》と頭を下げた。

「どうぞ皆《みな》さん、おかけになってください」

トムはどぎまぎして、

「お、おれ、いや、ぼくも、いていいんですか？」って、助けを求めるような目であたしを見た。

「あたりまえよ。ねえママ」

「トム君でしょ。もちろん、大歓迎《だいかんげい》よ。お会いしたかったくらい」

ママが少し酔《よ》っていてよかった。

夫婦別姓《ふうふべっせい》について、トムに詰問《きつもん》することもなかったし。

市長、貴夫《たかお》ちゃん、トムの順ですわる。

大人の話になるのはわかっていたけど、ママは美桜里《みおり》たちにも聞いてほしいと、五人がL《エル》字型のソファで顔を突《つ》き合わせた。

「いつも市政《しせい》にご協力、ありがとうございます」

市長とママが、L《エル》字のかどっこで、あたしはママの隣《となり》。

「市長とは中学、高校の同級生で、一緒《いっしょ》に野球をやっていたんです」

「ぼくが三番で、貴夫《たかお》ちゃんが四番だったな」

「弱そ」

トムの口から思わず出た。

「でも、県大会でベスト三十二までいったよな」

貴夫《たかお》ちゃんがちゃかす。

「そうそう、一回戦はいつも勝った」

二人ともずいぶんとハイテンションだ。

「すいません。さっきまで焼き肉屋さんで、盛《も》り上がっていたもので」

トムが気をつかって、ママに説明した。

「いいよ。ママもさっきまでワイン飲んでたし」

緊張《きんちょう》しすぎて、トムがかわいそうなくらいだ。

「あっ、そうだった」

市長が姿勢《しせい》を整えた。

「駅前の、噴水《ふんすい》広場のことでしたよね」

「はい」

「具体的に話を聞かせてもらえますか」

市長に聞かれ、ママが説明を始める。

その口調はすぐに熱を帯びて、熱弁《ねつべん》へと変わる。

つまり、女性《じょせい》の人権《じんけん》について。

「……例えばですよ市長、十歳《さい》の男の子が自分の思い通りにならないからといって、母親や妹に暴言《ぼうげん》を吐《は》いたりなぐったりしたら、どうします？　誰《だれ》かがそれを止めるでしょ。しかるでしょ。そしてそういうことがもう起きないように、配慮《はいりょ》しますよね。なのに、三十歳《さい》の男が、自分の妻《つま》に対して同じことを、あるいはもっとひどいことをしても、それが許《ゆる》されてしまう。そういう現実《げんじつ》があります。

平成三十年内閣府《ないかくふ》の調査《ちょうさ》では、女性《じょせい》の三人に一人が、配偶者《はいぐうしゃ》から被害《ひがい》を受けたことがあると答えています。

この三十年のあいだ、女性《じょせい》は変わろうとしてきましたし、変化もありました。ところが男性《だんせい》は相変わらずです。その結果が、今や二十代三十代の独身《どくしん》男女の半数以上が、将来結《しょうらいけっ》婚《こん》はしないと、断言《だんげん》するような時代になってしまったのです。

DV《ディブイ》は、大人だけの問題ではありません。DV《ディブイ》環境《かんきょう》で育った子どもは、親同士のいがみ合いを自分のせいだと思って、前向きに生きることができません。発達の意味からも脳《のう》が萎縮《いしゅく》してしまう。たった五歳《さい》の子が、無力感をいだいてしまう。生命力を奪《うば》われてしまうのです。

私《わたし》たちが声を上げる必要性《ひつようせい》は、まだほかにもあります」

市長は真剣《しんけん》なまなざしを、ずっとママに送り続けていた。

貴夫《たかお》ちゃんはこくりこくりと居眠《いねむ》りを始めるし、トムはちゃんと聞こうとしながらも、何度もあくびをかみ殺していた。

「ママッ」

あたしは壁《かべ》の時計を指さした。

三十分はたった。

「そうね……。市長、そういうことですし、なんとか、あの広場をフェミニズムの活動のために使わせていただけないでしょうか。橋を作ったり、学校にクーラーを入れたりするような、目に見える成果は少ないかもしれませんが、これは将来《しょうらい》のためにも、みんなで考えていかなければいけないことです。いえ考えるだけでなく、行動に移《うつ》す必要があります。政治《せいじ》や経済《けいざい》や、入試にしてもそうです。どんな場所であっても、性別《せいべつ》によって差別を受けない、一人の人間として認《みと》め合える社会を目指したいとは思いませんか。女性《じょせい》か男性《だんせい》か、どちらかが幸せな社会なんて、ないと」

「ちょっと、ママ！」

放っておくと永遠《えいえん》に続きそうで、あたしは再《ふたた》び止めた。

「わかりました！」

市長はバンとテーブルをたたいた。

「その代わりというのもなんですが、これから市の方でも、犯罪被害者《はんざいひがいしゃ》のための特別な窓《まど》口《ぐち》を作ろうと考えているところです。そのときは、どうかご協力を」

「もちろんです」

「正直今の話は、私《わたし》のところまでは上がってきていませんでした。聞いていれば、すぐにでも対応《たいおう》したのですが」

「上がってきていない、というのは、どうしてですか？」

「市民からの声を、すべて聞くのは不可能《ふかのう》です。何人かの秘書《ひしょ》が目を通して、選別して、私《わたし》に報告《ほうこく》がきます。ですから今回のような大切な案件《あんけん》が、ないがしろにされてしまう可能《かのう》性《せい》もあります。次からは、私《わたし》の携帯《けいたい》に直接連絡《ちょくせつれんらく》をください」

市長となら、ママも気が合いそうで、このまま何時間でも、話し続けそうな雰囲気《ふんいき》すらあった。

みんなが帰ったあと、ママはさっそく仲間たちにラインをしていた。

もちろんあたしも、お風呂《ふろ》から出たあとトムに。

〈トムのおかげで、久《ひさ》しぶりにママの張《は》り切ってる顔を見た。ありがとう〉

〈それはよかったね。尊敬《そんけい》できるママでうらやましい〉

尊敬《そんけい》……。

トムはママをそんなふうに見ていたんだ。それで、眠《ねむ》そうになりながらも、一生懸命《いっしょうけんめい》に話を聞いていたんだ。

あたし自身、誰《だれ》か尊敬《そんけい》する人がいるかと聞かれれば、いないと答える。

小学生の頃《ころ》作文で、尊敬《そんけい》する人はパパですと書いた記憶《きおく》がうっすらあるけど、今は自信ない。

トムは、貴夫《たかお》ちゃんを尊敬《そんけい》している。だからそういう感情《かんじょう》が自然にわき上がってくるのだろう。

あたしは、スマホに文字を打つ。

〈そういうことを考えられるトムが、あたしは〉

と、そこで手が止まった。

好きですと、打とうとした文字。
結局、打てなかった。
全文削除《さくじょ》して、〈おやすみ〉とだけ送った。
風花からラインがきたのは、その三十秒後。
〈美桜里《みおり》と話がしたいよ〉
お願いと甘《あま》えるような絵文字がそえてあった。
〈なんで?〉
〈またきらわれちゃった〉
〈またって、なに?〉
〈美桜里《みおり》にもきらわれたし〉
そして、号泣の絵文字。
〈べつに、きらってない〉
〈ほんとうに?〉
〈うん。腹《はら》が立ったのに、反論《はんろん》できなくてくやしかっただけ〉
〈よかった〉
〈で、だれになにをした?〉

〈カナが好きな人に、カナの気持ち伝えたら、カナに絶交《ぜっこう》された〉

〈もしかして、勝手に？〉

〈うまくいったら、サプライズじゃん〉

〈それはちょっと違《ちが》うだろ。で、うまくいった？〉

〈撃沈《げきちん》。カナ激《げき》おこ〉

〈サイアク。あたしだって、絶交《ぜっこう》する〉

小学生のときは互いに幼《おさな》くてあまり気がつかなかったけど、中学生になってから、風花って、自分ファーストなところが際立《きわだ》ってきた。

きちんとした言葉で表現《ひょうげん》するのはむずかしいけど、風花と付き合うなら、あたしがもっと心にゆとりを持って付き合わなきゃいけないのだろう。

つまり、あたしが成長するしかないってこと。

〈あ、でも、美桜里《みおり》とのこと、言い訳《わけ》していい？〉

なんだか、力が抜《ぬ》けてきた。

〈どうぞ、ご自由に〉

〈美桜里《みおり》は理屈《りくつ》っぽいから、ブサイクコンテストで盛《も》り上げて、人気者にしてあげようと思ったの〉

よけいなお世話よ、と打ち込《こ》もうとして、あたしは顔を天井《てんじょう》に向けた。
大きく深呼吸《こきゅう》をしてから、〈わかった〉と返した。
そして、胸《むね》の前にスマホを引き寄《よ》せ、〈心配してくれてありがとう〉と、つけ足した。

7　あたしは尊敬《そんけい》できない

朝、ママの車に乗ると、エンジンをかける前に、まずママが聞いてくる。

「今日はおばあちゃんち？　それともキッチンカー？」

「キッチンカーでお願いします」

貴夫《たかお》ちゃんもトムも、すっかりママからの信用を得ていた。

おばあちゃんは、そんなあたしやママをいぶかるでもなく、ひょうひょうと自分の生活のペースを守っている。

行けばかわいがってくれるし、行かなくても、気分を害したりしない。

あたしは貴夫《たかお》ちゃんたちが住む、家のすぐそばで降《お》ろしてもらった。

シマウマ模様《もよう》のキッチンカーが、カーポートにあった。

そして、玄関《げんかん》前にもう一台の車が。

タクシー?

あたしは首をかしげた。

貴夫《たかお》ちゃんにお客さんかな?

まあ、それ以外には考えられないけど。

あたしは裏口《うらぐち》に回った。お客さんがいるのならと、静かにドアノブをひねる。鍵《かぎ》はかかっていない。

ドアを開けると、厨房《ちゅうぼう》の温度が急激《きゅうげき》に変化しないように、もう一枚《まい》、透明《とうめい》のガラス張《ば》りのドアがある。

厨房《ちゅうぼう》が見えた。

誰《だれ》かいる……。

貴夫《たかお》ちゃんではない。トムだ。

そしてハッと息をのむ。

トムの前に女の子が立ってる。

あたしと同い年ぐらいの、長い髪《かみ》、やせ気味で、眼鏡《めがね》をかけていた。

どうしよう。

そう思ったとたん、女の子が、トムにだきついた。

え、うそ……マジ……。

あたしの頭の中にさっき見たタクシーが突如《とつじょ》現《あらわ》れ、車から降《お》りる少女のイメージ画像《がぞう》が、くっきり浮《う》かび上がった。

元カノが追いかけてきた……のか？

いや、もちろんわからないけど、そんなふうにも見える。

キッチンカーでお祭りとかに行くと、トムを目当てにきている女性《じょせい》もけっこういる。

少女は身体をはなすと、眼鏡《めがね》を取り、細い指で目のあたりをぬぐった。

涙《なみだ》？

いや、それにしても笑顔だ。

もしかして、今カノなのか。

てか、なにをしているんだ、あたし！

胸《むね》が苦しくなって、あたしは外に出た。

突《つ》き出たブロックに腰《こし》を下ろすと、心臓《しんぞう》がどくどく鳴っている。

なんか、見てはいけないものを見てしまった気がした。

あーなんなんだろう。

もう、いやだいやだ。

気配がして顔を向けると、ドアが開いてトムと女の子が歩いてきた。

「あっ、あの屋根の上、さっきよりカラスが増えてる」とか言いながら、あたしの前を完全にスルー。

関心度は、近所のカラス以下か！

女の子は、タクシーに乗るとトムに手をふった。同じように、手を上げて応《こた》えたトムの表情《ひょうじょう》は複雑《ふくざつ》で、元カノなのか今カノなのか、判断《はんだん》がつかなかった。

トムはタクシーを見送りふり向くと、まさかの、

「あ、美桜里《みおり》、いたんだ」

そしてすたすた、裏口《うらぐち》へ戻《もど》っていく。

あたしは追いかけた。

「はい、いましたよ。ところで今の女の子は誰《だれ》ですか。こんなことになるのなら、お芝居《しばい》でも、ぼくにとっては、世界一かわいいとか、言わないでほしいんですけど」

トムがなにか、ちゃかした言葉で返してくるかと思ったら、

「芝居《しばい》じゃないし」

と、真顔で言われ、あたしは固まった。

こういうときには、なんて返せばいいのだろう。

少女漫画《まんが》なら、ぬれたまつげをふるふるさせて、「本当に、好きになっていいですか」とか言うのだろうけど、きっとあたしには似合《にあ》わない。というか、あたし、まつげは短い。

いや、まつげの問題でないことは、わかっている。

「ほら、今日も元気に働くぞ」

トムがあたしの肩《かた》をぽんとたたいた。


お昼前。

貴夫《たかお》ちゃんが運転するキッチンカーは、「爽健園《そうけんえん》」という特別養護《ようご》老人ホームへ入った。

玄関《げんかん》前の広いスペースに車をとめる。

建物は大きな二階建ての公共施設《しせつ》という雰囲気《ふんいき》。

貴夫《たかお》ちゃんは車を降《お》りると、事務所《じむしょ》へあいさつをしに姿《すがた》を消した。

あたしはいつものように、テーブルと椅子《いす》をセットして、ボードを立てる。

トムはもう、カレーを温めている。

「今日は始動が早いんだね」

キッチンカーの中に向かって呼《よ》びかける。

「おじいちゃんやおばあちゃんを、またせちゃかわいそうだから」

トムの表情《ひょうじょう》は、やわらかで温かい。

「やさしいんだね」

「そうかな」

トムが笑顔を向ける。胸《むね》の奥《おく》のドキドキが、また自己主張《じこしゅちょう》を始めてる。

あたし、そういうトムが大好きだよって、言えたらいいのに。ちゃんと好きと言えないあたしは、まだ子どもなんだ。

例えば、空にかかった虹《にじ》を見て、きれいだねって言えるように、ごく自然に言葉があふれでたらすてきなのに。

どちらにしても今は仕事中。

恋愛感情《れんあいかんじょう》は持ち込《こ》むな！

仕事に集中しろ！

と、もう一人のあたしが戒《いまし》める。

「まあ、やさしいっていうか、それしかなかったから」

トムが思いだしたように答えた。

「それしかなかった？」

「よりどころっていうのかな。おれを見てくれてたおばあちゃんはやさしかった。いつも、下着も服も太陽のにおいがした。料理もおいしかった。おばあちゃんとの暮らしにはおれの居場所《いばしょ》があった。だからあの頃《ころ》はまだ、ぎりぎりがんばれてた」

あたしはトムの言葉を、漠然《ばくぜん》としかとらえられない自分がもどかしかった。

きっと、お母さんが家を出ていったあと、おばあちゃんと暮《く》らしていた頃《ころ》を思いだしているのだろう。

「あいつのことは、今でもうらんでる」

「あいつ？」

「おれを産んだヤツだよ」

瞳《ひとみ》に怒《いか》りの火が宿る。

「トムのお母さん？」

「そうさ。おれが新しい父親と、うまくやれなかったせいで、自分が不幸になったと思ってる。ふざけんな」

「新しいお父さんと、一緒《いっしょ》にいたんだ」

「ああ、父親といっても勝手に転がりこんできた最悪な男。小学校三年生ぐらいのときだっけ、三人で、万引きや空き巣泥棒《どろぼう》をやってた。万引きだとさ、おれが盗《ぬす》んで、つかまったら、あいつらが現《あらわ》れて、おれが勝手にやったことにして、おれをしかる演技《えんぎ》してた。たいていそれで、許《ゆる》してもらったりしてた。あの男、二度とこんなことするなって、本気でなぐってきやがった。空き巣のときは、おれがガラスをわって、鍵《かぎ》開けて、侵入《しんにゅう》して中から玄関《げんかん》を開ける。最低だろ、おれって」

トムが無理に笑顔を作る。

感情《かんじょう》の起伏《きふく》が激《はげ》しくなるのは、トムにとっておばあちゃんたちとすごすこの場所が、心を癒《い》やす場所でもあるし、同時に昔負った傷《きず》を思いだす場所でもあるからなんだろう。

「最低なんかじゃないよ」

「どうして?」

「だって、それは、そうするしかなかったんだし。そういうときがあったから、貴夫《たかお》ちゃんとも出会えたし、あたしもトムと出会えたから」

「ありがとう」

トムの表情《ひょうじょう》が少しやわらいだ。

「でもでも、そのあとは、大丈夫《だいじょうぶ》だったの? そんなことまでさせられて」

「おれもいつまでも子どもじゃない。警察《けいさつ》に訴《うった》えてやった。全部、洗《あら》いざらい話した。まあ、そのせいで、男は実刑《じっけい》になったたし、あいつは、執行猶予《しっこうゆうよ》がついて戻《もど》ってきたけど、おばあちゃんが、子どもか男か、どちらかを選べって言ったら、家を出ていった」

「それからはずっと、おばあちゃんと……」

「そっ。おばあちゃんはずっと、おれを守ってくれた」

トムのやさしさの原点が、おばあちゃんにあってよかった。

そんなやさしさに育《はぐく》まれたからこそ、貴夫《たかお》ちゃんのやさしさも、トムは素直《すなお》に受け入れることができたんだ。

「……なのに、あのクソ女！」

またトムの表情《ひょうじょう》が豹変《ひょうへん》した。

歯を食いしばって、こぶしをふるわせる。

声をかけられない自分が、くやしかった。

「トムくーん」

男性職員《だんせいしょくいん》が、玄関《げんかん》から出てきた。

トムの顔から怒《いか》りがスーッと消えた。

貴夫《たかお》ちゃんが、おじいちゃんの車いすをおしている。

扉《とびら》は自動ドアで、ほかにも車いすで、おじいちゃんやおばあちゃんがやってくる。

自力で歩行できる人もいるし、職員《しょくいん》さんに介《かい》ぞえしてもらってる人もいる。

大変そうだけど、みんなに共通していることがひとつ。どの顔もにこにこ顔だ。

「今日のお昼はキッチンカーがくるから、朝ごはんは抜《ぬ》いた」

と、得意気なおじいちゃん。

「貴夫《たかお》ちゃんに会うから、昨日髪《かみ》を切ってもらったの」

と、はしゃぐおばあちゃん。

「息子に買ってもらった服、似合《にあ》うかね」

と、感想を求めるおばあちゃん。

トムも人気者で、施設《しせつ》で作った絵やしおりを、プレゼントされていた。

笑顔も言葉も仕草も、できる限《かぎ》りのやさしさと思いやりにあふれている。

おいしいカレーをまっている人と、運ぶ人。

花と蜜蜂《みつばち》のような、自然で豊《ゆた》かなふれあいがここにある。

あたしもできる限《かぎ》りの笑顔と、元気な声で接客《せっきゃく》した。

「熱いから、気をつけてくださいね」とか、

「からいのが好きな人は、スパイス、ありますよ」とか。

たまに、

「おっ、かわいいウエイトレスさん。もしかして、トム君の彼女《かのじょ》かい？」って、おじいちゃんにからかわれてもうれしい。

トムの反応《はんのう》が気になったけど、にこにこ笑ってるだけ。

物足りないけど、否定《ひてい》されるよりはマシかな。

ダメダメ、もう気が散ってる。

さっき仕事に集中するって決めたのに。

よし！

あたしはお腹《なか》に力を入れた。

「みなさーん。カレー、足りてますかあ。おかわりする人いませんかあ？」

一人二人と、手が上がる。

「トム、お願いね！」

あたしが追加注文すると、トムは「オッケー」と、親指を突《つ》き出した。

職員《しょくいん》にスプーンで食べさせてもらう人。

小皿に取り分け、少ししか食べられない人。

服やテーブルを汚《よご》しながら食べる人もいる。

それでもみんな、食べることを全力で楽しんでいる。食べることで、しぼみかけてくる命の風船を、しっかりとまたふくらませる。

そして最後はみんなで記念写真を撮《と》った。

あたしとトムが真ん中だ。

「うれしいね、トム」

「ああ、おれも最高な気分」

トムがあたしの肩《かた》を、ギュッと引き寄《よ》せた。

あたしは生まれてはじめて、
誰《だれ》かを幸せにしていると実感した。


今日はいろんなことがあったけど、楽しかった。

夜、一人になってそう思えた。

もちろん気になることもある。

朝トムと会っていた女の子は、いったい誰《だれ》だろう？

あのとき感じた焦《あせ》りはもう消えたけど、やっぱり気になる。

貴夫《たかお》ちゃんも家の中にいただろうに、姿《すがた》は見えなかった。トムがなにも話してくれない以上、そっとしておくべきなんだろう。

でしゃばるのはよくない。

それにも増《ま》して気になるのは、「クソ女！」と吐《は》き捨《す》てたときの、トムの表情《ひょうじょう》だ。

どうしてあのとき、突然怒《とつぜんいか》りが込《こ》み上げてきたのだろう。前に母親のことに触《ふ》れたときは、サラリと流していたような気がする。

新しい問題が、起きているのだろうか、心配だ。

単純《たんじゅん》に、トムを好きという感情《かんじょう》とは違《ちが》ったもやもやが、胸《むね》をおおった。

コンコンとノックの音があって、ママが部屋に入ってきた。

今帰ってきたんだ。

「お帰り、ママ」

「ごめんね。遅《おそ》くなって」

「大丈夫《だいじょうぶ》。貴夫《たかお》ちゃんに送ってもらった」

「今日はママ、打ち合わせがあって」

「なんの？」

「デモよ。そうだ、貴夫《たかお》さんへのお礼はなにがいいかな？　お酒はなにを飲む？」

「おばあちゃんと行った焼き肉屋さんでは、ビールを飲んでた」

「ビールね。ありがとう。ところで今度打ち合わせで、吉村聡子《よしむらさとこ》さんと会うんだけど、美《み》桜里《おり》も一緒《いっしょ》にこない？」

「吉村《よしむら》さんって、誰《だれ》？」

「そっか、名前は言ってなかったっけ。この前、東京からジャーナリストの先生をお呼《よ》びするって言ってたでしょ。テレビにもコメンテーターとしても、ときどき出ていて、ママみたいな、地方で活動してる、人権《じんけん》運動の応援《おうえん》もしてくれているの。美桜里《みおり》も好きなイタリアンレストランにお連れしようかと思って。クッチーナ」

「ママが好きなんでしょ」

家族の記念日にはいつも行く。ビルの地下にある、れんが壁《かべ》のお店だ。オーガニック素《そ》材《ざい》にこだわって、パスタはもちろん、肉料理や魚料理もおいしい。

「じゃあ、週末の土曜日、空けといてね」

「うん」

この前からなぜか、ママの存在《そんざい》が、うっとうしくなくなってきた。なんでも話せる空気が生まれた。家の中に穏《おだ》やかな春の風が吹《ふ》いてる。

「そうだママ、聞きたいことがあるの」

「えっ、なになに？」

ママもうれしそうだ。

「トムのお母さんって、トムを捨《す》てて出ていったの」

「そう、なんだ」

「お父さんはもっと昔に家を出てったんだけど、お母さんもいなくなって、なんか、心がずいぶん荒《あ》れて、今でもときおり怒《いか》りが込《こ》み上げてくることがあるみたいで、お母さんの話をすると、言葉や顔つきまで変わっちゃうときがある」

「そうか。ずいぶんと我慢《がまん》して、がんばってきたんだね」

ママは、悲しそうな顔になる。ママは人の痛《いた》みがわかりすぎる人だ。

「それにしても、トム君はそのことをみんな、直接美桜里《ちょくせつみおり》に話したんだ」

「そうだけど……なんで？」

「それって、すごいことだよ。よほど信頼《しんらい》されてるんだね、美桜里《みおり》は。ママ、美桜里《みおり》のこと、ちょっと誇《ほこ》らしいかも」

「そ、そうなんだ」

思いがけずほめられて、どう反応《はんのう》していいかわからない。

「それで、ママに聞きたいことって、なに？」

「うん。そういう話をされたとき、どう答えてあげたらいいのかなって」

「むずかしいなぁ。そういうときは、とにかくうんうんって、うなずいて聞いてあげるしかないかな」

「それだけ？」

「どうして？」

「なにか言ってあげたいから。そりゃ、あたしになんか、なんにもできないのはわかってる。でも、なにも言えない自分がくやしくて」

「そっかぁ。そうだよね。くやしいよね。言ってあげられるとしたら、いつかその怒《いか》りから解放《かいほう》されたらいいねって。それくらいかな。トム君は、自分の中にある怒《いか》りに苦しんでいるんだから」

「わかった。ありがとう、ママ」

そのセリフを今のあたしが言ったとしても、トムの心のいちばん大事な場所まではきっと届《とど》かないだろうな。

でもあたしは、ママから宝物《たからもの》をもらった気がした。

いつか言える日がくるかもしれない。

いつか言えるようになりたい。

ママはすっと立って、部屋を出ようとした。

「そうだ、ママ」

「うん？」

「トムがママのこと、尊敬《そんけい》できるいいお母さんだねって」

するとママは、てれることも謙遜《けんそん》することもなく、真剣《しんけん》な顔をして言った。

「尊敬《そんけい》と感謝《かんしゃ》は大人になるために必要な、二大栄養素《えいようそ》だと、ママは思ってる」

「えーでも、周囲に尊敬《そんけい》できる人がいなかったら、どうするの？」

「それは違《ちが》う。尊敬《そんけい》できるかどうかは、自分の心のありようだよ。相手の問題じゃない。自分の中にちゃんと人を見る目があって、その素晴《すば》らしさを取り込《こ》もうとする力があるかどうかだと、ママは思ってる。生き方の問題」

あたしが誰《だれ》かを尊敬《そんけい》できないのは、あたしの中に、まだそれだけの力がないってことなのか。

ママの話を聞いて、すっきりしそうになったとき、まだ心の奥《おく》にわだかまっているものを見つけた。

パパとのこと。

「ママはそんなに人の気持ちがわかるのに、どうしてパパとはうまくいかなかったの？パパに、そんな情報《じょうほう》いらないとか……わざとじゃないのかなって思うくらい、ひどいことも言ってたし。もっと言い方があったんじゃないの？」

するとママは大きくため息をついて、苦笑いを浮《う》かべた。

「そうなんだよねぇ。反省しなきゃいけないのは、ママもわかってた。なのに、どうしてだろう、自分のことになると、うまくいかないもんなんだよね。ほんと、どうしようもないね。ママと同じ仕事をしている仲間でも、子どもを虐待《ぎゃくたい》したり、お酒や薬に依存《いぞん》している人がいる。

きらいだと思い始めると心が冷めて、わざと傷《きず》つけたり。人の心って、ひとつじゃないから怖《こわ》い。つまりは関係性《かんけいせい》なのかもしれないな。美桜里《みおり》が言うように、もっとやさしい言葉をかけていれば、関係性《かんけいせい》が変わっていたかも」

「関係性《かんけいせい》？」

「そう。むずかしいかな？　ママの言ってること」

「うん、ちょっと。ああ、でもわかりそうな気がする」

「まあ、ゆっくり悩《なや》んで、大きくなって。今なら時間はたっぷりあるから。おやすみ」

ママの気配を残して、ドアが静かに閉《し》まる。

自分のことになると、うまくいかないと、嘆《なげ》いたママの言葉が、あたしの心を、軽くしてくれた。

ママだってそうなんだ。

そのとき、スマホが、ラインの着信を告げた。

トムからだ。

〈付き合ってほしい場所があるから、今度、時間が欲《ほ》しい。貴夫《たかお》ちゃんにはナイショ〉

付き合ってほしい場所って、どこ？

〈どこ行くの？〉

〈ラインじゃ説明できない〉

〈貴夫《たかお》ちゃんにナイショって、なぜ？〉

〈それもラインじゃ説明できない〉

ぽつっと、ニキビのように、小さな不安が生まれた。


クッチーナの店内は、イタリアンレストラン特有の、オリーブオイルとニンニクの、濃《のう》厚《こう》なにおいに満ちていた。

店の奥《おく》の四人がけテーブルに、ママと吉村《よしむら》先生は向かい合ってすわった。あたしはもちろんママの隣《となり》。

特別なお客さまみたいで、オードブルからして豪華《ごうか》。

生ハムや水牛のチーズ、はまぐりのフリット。テナガエビに黒オリーブ。

「——そうよね。私《わたし》も大学で講師《こうし》をしているけど、そう思う。ひと昔前以上に、男の子と女の子の間に得体《えたい》の知れない壁《かべ》ができて、お互《たが》いを理解《りかい》しようという気持ちがない気がする。エネルギーがないのよね」

先生が持論《じろん》を展開《てんかい》する。

「特に男性《だんせい》はね」

ママが答える。

「そう。男性《だんせい》から見ると、リアルな女子は面倒《めんどう》くさい。女の子は女の子で、物心ついたときには、一人の人間であるという以前に、女の子というバーコードを、体中にはりつけられちゃうし」

「その通りです、吉村《よしむら》先生。しかもいまだに、女性《じょせい》は男性《だんせい》の所有物的な発想が、生活のあちこちにあります」

「コマーシャルもそうよね。相変わらず、料理とおそうじは女の仕事みたいな」

「化粧品《けしょうひん》も。六十歳《さい》なのに三十歳《さい》にしか見えないとか、それってただの化け物よね」

さっきからずっと、ママと吉村《よしむら》先生は、こんな話ばかりしている。

「そうじゃないのもあるよ。男の人が、料理作ったりそうじしたり。だいたいママ、テレビ見ないし」

ちょっと違和感《いわかん》を感じて、あたしは突《つ》っ込《こ》んでみた。

「しっかりしたお嬢《じょう》さんね」

吉村《よしむら》先生が笑顔であたしを見た。

仕事用なのかもしれないけど、とてもやさしくて、安心感を与《あた》える笑顔だ。

「美桜里《みおり》さんには、そういう経験《けいけん》はまだないかな？」

「そういう？」

「男だからこうとか、女だからこうとか。不利益《ふりえき》を被《こうむ》ったり、差別的な扱《あつか》いを受けたりとか。つらかったこととか」

すぐに、ブサイクコンテストを思いだす。

「あります」

「そう。教えてもらえる？」

「あたしのクラスで、ブサイクコンテストというのがありました。男子がスマホ使って、勝手にやってたんです」

「それはきっと、男子は、自分に自信がないからだね。特に思春期は」

「でも、ムカつきます。あたしも、ノミネートされてたんです。五人のうちの一人に。しかも友だちと撮《と》ったブサ顔の写真が、知らない間に、なんの断《ことわ》りもなくクラスの男子に回されていました」

「えっ？　そんなことがあったの？」

ママは驚《おどろ》いてワイングラスを置いた。

「うん。言ってなかったけど……」

「どうしてそのときママに」

と言いかけたのを、「それは彼女《かのじょ》を責《せ》めることになるから、やめた方がいいわよ」と、吉《よし》村《むら》先生が止める。

「でもね美桜里《みおり》ちゃん。そこで腹《はら》を立てちゃいけないのよ」

「どうしてですか？」

あたしは斜《なな》め前にある先生の顔を、しっかりと見た。

「これは本来、感情《かんじょう》でとらえることじゃない。ムカついてもいいけど、いったん感情《かんじょう》は横に置いておこう。で、ちゃんと冷静に、それはこういう理由で問題にすべきことですと、相手に提示《ていじ》するべきなの。あなたがやってることは、間違《まちが》っていますとね。遊びや冗談《じょうだん》の領域《りょういき》を超《こ》えていますと。

特に男性《だんせい》は、すぐに感情論《かんじょうろん》に持ち込《こ》んで、女性を怒《おこ》らせて、問題の本質をうやむやにしようとするから」

「あのぅ……」

あたしがつらかったのは、そこじゃない。

「あたしがショックだったのは、それよりも、同性《どうせい》の友だちから、じゃあこれが、美人コンテストでも差別だと文句《もんく》を言ったかなって、突《つ》っ込《こ》まれて答えられなかったことです」

「なるほど。どうして、答えられなかったと思う？」

「どうして？」

吉村《よしむら》先生は、あたしに考えさせようとする。楽しそうに。

「それはたぶん、そうだったら、うれしいし」

「そうだったらって。なにが？」

「美人コンテストに、ノミネートされたら」

「なるほど。でも、それは言えなかった」

「そんなこと言ったら、あたしの言ってることが、矛盾《むじゅん》してしまう」

「なるほどね。じゃあ、それは矛盾《むじゅん》していても、あたりまえの感情《かんじょう》だって、言えばいいでしょ」

「そんなの、アリですか？」

「もちろん」

「はあ」

「美人だねって言われて私《わたし》はうれしい。だからといって、ブサ顔コンテストに勝手にノミネートするのは、違《ちが》う話でしょ」

「はい」

「これからの時代は誰《だれ》に対しても、それは違《ちが》う話だと、はっきり言えるようにならなくてはね。これは男性《だんせい》とか女性《じょせい》とか、関係なく」

でもそのときは、かーっとなって、考えられなかった。

「ところであなたも、デモにくるの？」

「あっ……」

まったく考えてなかった。

あたしはママを見た。

「無理はしなくていいよ。そりゃ、本音を言えばいい経験《けいけん》になるし、美桜里《みおり》には、きてほしいけど」

しばらく三人はだまった。

そしてあたしは答えた。

「行ってみたいと思います」

でもそれは、ママの期待に応えるためじゃない。

あたしは思った。

もっと、トムの気持ちがわかるようになりたい。そのためには、あたしが今まで知らなかった世界に出ていかなきゃ。

リアルな世界を体感しなきゃ。

吉村《よしむら》先生は、えらいわねと、言うかと思ったら違《ちが》った。

「でもね、洗脳《せんのう》されちゃだめよ。お母さんがやってるから、必ずしも正しいわけじゃない。あなたはあなたの、頭も心も身体も、全部使って、進むべき道を決めるのよ」

「わかりました」

「言いたいことがあれば、相手がお母さんであっても、ちゃんと言うべきよ」

「そうそう。なんでも言って」

ママがあおる。

「いいの？」

「いいわよぉ」

ちょっと酔《よ》ってる。

調子に乗ったわけじゃないけど、せっかくなので、言わせてもらうことにした。

「ねえママ。結果的に、パパと離婚《りこん》したのは仕方なかったとして、ひとつだけ我慢《がまん》できないことがあるの」

あたしは隣《となり》にすわるママを、きちんと見据《みす》えた。

「なんだろう？」

「まず聞きたい。あたしがパパと会うことが、家のローン返済《へんさい》をパパが続けることの条件《じょうけん》だって、本当なの？」

ママは答えなかった。

ということは、あれは、うそではない。

「ほかにも、あたしを契約《けいやく》の条件《じょうけん》に使うのはやめて。あたしはあたしの意志《いし》で動きたいの。あたしは誰《だれ》のものでもない、あたしだから」

ママは一度大きく目を開け天井《てんじょう》を見た。茶褐色《ちゃかっしょく》の木が縦横《じゅうおう》に組んであって、隙間《すきま》からオレンジ色の照明が、ママの頬骨《ほおぼね》を際立《きわだ》たせていた。

ママがゆっくりと、視線《しせん》をあたしに戻《もど》した。

「わかった」

「ありがとう、ママ。それから送り迎《むか》えもやめてほしい」

「送り迎《むか》えはするから」

「はあっ？　あきれた。パパのこと、そんなに信用できないの！」

「そうじゃない。私《わたし》もたまには、パパの顔は見たいから」

めずらしくママがパパのことを、「あの人」ではなく「パパ」と呼んだ。そしてママはグラスの中の液体《えきたい》に、じっと目を向けた。

考えてもみなかった。

あたしって、やっぱり、自分のことしか考えてない。

ママにはママの、割《わ》り切れない気持ちがあるのだ。パパを信じたいのはママも同じで、いつもどこからか、パパのことを、ずっと見ていたいんだ。

「美桜里《みおり》さんのママはすごいのよ。孤立《こりつ》してる、いろんな人と人とをつなげて、かけ橋になって、少しでも誰《だれ》かの心の傷《きず》を癒《い》やそうとしているの」

「わかってます。あたしもいつか、ママを尊敬《そんけい》できる人になりたいと思ってるから」

「えっ？　今尊敬《そんけい》しているとかじゃなくて？」

「はい」

「ごめんなさい。意味がわからない」

吉村《よしむら》先生が首をかしげるのを、ママと顔を見合わせて笑った。

「でもママ。あたしは洗脳《せんのう》されないから。買収《ばいしゅう》なら喜んでされるけどね」

8　あたしとパパと、ママとあたしと

「弁護士《べんごし》から連絡《れんらく》があって驚《おどろ》いたよ。美桜里《みおり》がママに直談判《じかだんぱん》してくれたんだってな。契約《けいやく》で美桜里《みおり》とパパの関係をしばらないって」

パパとあたしは、同じイチゴパフェを食べながら、ときおり窓《まど》の外を見た。

雨は降《ふ》りそうで降《ふ》らなくて、美術館《びじゅつかん》に向かう靴《くつ》のかかとと、念のために携《たずさ》えたかさが、揺《ゆ》れながら通りすぎた。

「契約《けいやく》が本当だったことの方が、あたしにとっては驚《おどろ》きだよ」

アイスの底から甘酸《あまず》っぱいラズベリーが出てきてうれしい。

「仕方ないだろう。それはあの人が言い出したことなんだから」

「あっ！」

「なに？」

「またママのせいにした」

「そうだった」

「それって逃《に》げだよ。どんなときも、お互《たが》いにイーブンで、物事を進めなきゃ」

あたしは、トムを思いだして言った。まねをしたわけじゃないけど、今パパに届《とど》けたい言葉だと思った。

「イーブンって、どういうことだ？」

「だからまず、自分から、おれはこうなんだって話す。ちゃんとね。そうして相手の気持ちを聞く。おまえはどうなんだって。思い通りにならなくても、決まったことを尊重《そんちょう》する。そうすれば、ママだって、またパパを好きになるって。パパは自分の気持ちと相手の気持ちを、すりあわせようとしないもん」

「そうかなぁ」

「自覚なし！」

「ふふっ。まさか美桜里《みおり》に、恋《こい》の手ほどきを受けるとは、思わなかったな」

「まだママのこと好きなの？」

パパの言葉に心がシュワーっとなって、思わず口にしていた。

あたしがいちばん聞きたかったこと。

「うん、まあ……そうだな」

「ママにはナイショにするから」

あたしが顔のニヤニヤを止めると、パパは一瞬《いっしゅん》、思いつめた顔をした。そしてキッパリと言う。

「好きだよ。いやしかし、この感情《かんじょう》はヘタすると、ストーカーになってしまうから、あまり、表面に出してはいけない」

「そうかもしれないけど……」

「今の時代、三度言い寄《よ》ったら、犯罪者《はんざいしゃ》だから」

だからといって、好きという気持ちをいだき続けるのは、いけないことなのかな。

「DV《ディブイ》にストーカーとなれば、ヘタすりゃ会社をクビになる。美桜里《みおり》にいちばん迷惑《めいわく》がかかる」

あたしは少しだけ不安になる。

この前もそうだったけど、パパの考え方がやたら後ろ向きな気がする。なにかしてあげたい。そう思ったとき、あたしがもっと幼《おさな》かった頃《ころ》を思いだした。

お腹《なか》が痛《いた》いとき、パパはそっと痛《いた》いところに手をあてて「大丈夫《だいじょうぶ》。すぐによくなるから」と、元気づけてくれた。

身体じゃなくて、気持ちが痛《いた》いときは、どうしたらいいんだろう。

パパは苦しんでる。

ママだってそうだ。

もちろんあたしも。

原因《げんいん》はパパの暴力《ぼうりょく》だ。

思いだしたくなかったけど、あの一瞬《いっしゅん》がよみがえった。


あの日の夜、パパは自分から進んで、洗《あら》い物をした。

そうだ。ちょうど風花と、中学へ行っても一緒《いっしょ》に卓球《たっきゅう》をしようねと誓《ちか》い合った日だった。

たくさん書類を持ち帰ったママに、仕事をしてもらおうと、パパは先にテーブルをかたづけた。

でもきっと無理をしていた。

「ありがとうって、言わないんだ」

あたしとすれ違《ちが》いざまに発したパパの声はとがっていた。もちろんママに向けられていた。そして「ありえないわ」と、つぶやいた。

そのときママの頭の中は、すでに仕事モードに入っていたのだろう。パパの声は聞こえていたとは思うけど、スルーした。

今ならわかるけど、パパはその時点で、もう怒《おこ》り出していたんだ。

あたしは二人を横目にソファで、スマホを操作《そうさ》していた。

ママがノートパソコンに向かいながら、ひとりごとを言った。

「えーっと、あれってなんだっけ？」

パパがなにか答えていた。

それがママにとっては的外れだったのだろう。いや、パパはわざと的外れなことを言って笑わせようとしたのかも。

そしてパパは、まだ説明を続けた。しつこくからむように。

もうやめておけばいいのにと、あたしはパパを見た。

そのときだ。

「ごめん、その情報《じょうほう》、今いらないし」

ママが左手を上げさえぎった。長い指にシルバーの結婚《けっこん》指輪が、くすんで見えた。

次の瞬間《しゅんかん》、お皿が宙《ちゅう》を飛んでいた。

パパがお皿を投げつけたのだ。

ママに向かって。

顔から一センチ横を飛んで、お皿は壁《かべ》に激突粉砕《げきとつふんさい》した。
あたしは信じられなかったし、家中が固まった。
そしてそのあと二人は、今までため込《こ》んでいた不満をぶちまけ合った。
修羅場《しゅらば》。
「今の、顔を狙《ねら》ったよね！」
と、つめ寄《よ》るママ。
「それがどうした！」
と、開き直るパパ。
もみ合いになって、パパは、ママの髪《かみ》の毛をつかんでいた。
ママの顔が、恐怖《きょうふ》と激痛《げきつう》で引きつる。
リビングに引きずり、壁《かべ》におしつけた振動《しんどう》で、CD《シーディー》ラックが倒《たお》れた。
二百枚《まい》以上のCD《シーディー》がレモン色のじゅうたんにバサッと散らばった。
〈チェロで奏《かな》でる癒《い》やしの映画《えいが》音楽～自律神経《じりつしんけい》を整える〉
あたしの目に飛び込《こ》んできた一枚《まい》。
笑えない。

一度覚えた恐怖《きょうふ》は、簡単《かんたん》には消えなかった。

いや、一生消えないのかもしれない。

一瞬《いっしゅん》でなにもかもが、変わったり終わったりする。

わりとよくあること。

翌日《よくじつ》ママは離婚届《りこんとどけ》を準備《じゅんび》した。


「パパが悪かったんだ」

だまりこくったあたしに、パパが答えるようにつぶやいた。

パパも同じことを考えていたんだろう。

「あたしは知ってるよ。やさしいパパを」

「ありがとう」

パパの目がうるんで見えた。鼻をすする音。

「パパもいろいろ勉強してるんだよ」

「勉強？」

「うん。本を読んだり、怒《いか》りをおさえるためのセミナーに参加したりして」

「成果はあった？」

「今は、〝怒《いか》りは困《こま》り〟って考えるようにしてる。そう考えると、気持ちが楽になる。自分が怒《おこ》りそうになったとき、あ、おれいったい今、なんで困《こま》ってるんだろうって考える。あと自分の怒《いか》りを十段階《だんかい》に数値《すうち》化して、腹《はら》が立ってきたら、今いくつくらいかなって、立ち止まってみる。そうすると、不思議と気持ちが落ち着く。

会社の同僚《どうりょう》が怒《おこ》ってるときも、迷惑《めいわく》なヤツだと思うんじゃなくて、なに困《こま》ってるんだろう、手伝ってあげられることはないかなって、考えられるようになった」

「あたしにも、役に立ちそう」

「学校でも役立つさ」

学校……あたしが風花たちに怒《おこ》ったのも、自分の気持ちの持って行き場がなかったからだ。数字に置き換《か》えるか、できれば言葉に置き換《か》えられれば、もっとすっきりしたはず。

「ねえパパ、あたしいいこと思いついた。そういう番組を、パパが作ったらどう？　ママにも協力してもらって」

仕事なら、パパがそばにいてもいいんじゃないかな。

「それいいな」

パパが少しだけ笑顔になる。

あたしはよほど、ママだってパパの顔を見たいんだよ。だから駅までの送り迎《むか》えをしているんだって、話したかった。

でもだまっていた。

ママは、あたしにだから、話せたのかもしれないし、パパをもっと困《こま》らせてしまう可能《かのう》性《せい》だってある。

あたしはその代わり、パパに伝えた。

「ママのデモの日が決まったの。来月の十一日。場所も希望通りになった」

「ほう。それはよかった」

「うん。その日は全国各地でそういう女性《じょせい》の人権《じんけん》のためのデモがあるんだよ」

「へえ」

「よかったらパパも、見にきたら？　あたしも行くし」

「きっとかっこいいだろうな、ママの勇姿《ゆうし》。いや、でもやめておこう」

「どうして？　男性《だんせい》を攻撃《こうげき》するためのデモじゃないって、ママが言ってた」

「ママに近づいちゃいけないことになってるし」

「あ、まただ」

「なにが？」

「なんか変。パパはどうしたいのかがゆがんでる。パパって、自分がないみたいだよ。どうしてなの？」

「どうしてかって聞かれても、パパにもわかんないよ」

「だって、ママの仕事ぶりを見たいなら、それを最優先《さいゆうせん》すべきじゃない。ママがデモをする場所にこだわったように、自分の気持ちを形にしようとするべきだよ。テレビ局の取材で行ってもいいし。いや、それ以前に、ママと話し合えば」

「それはもう前に話し合った」

「でもみんな変化してる。あたしもママも。パパだけ取り残されたらそれこそ惨《みじ》めだよ。パパも変わらなきゃ」

「惨《みじ》めか……そうだな。じゃあ、考えてみる」

「あたし、会場にパパもいるって感じることができたら、きっとそれだけで、幸せな気持ちになれると思う」

「わかった」

そう答えたパパの表情《ひょうじょう》は、最後までさえなかった。


パパと会う日も、夕食は家で取る。

ママも心なしか力を入れているようで、あたしが好きな物しか食卓《しょくたく》に並《なら》ばない。

今日だって、ピーマンの肉づめやエビマヨグラタンと、ママは自分で力作だと胸《むね》を張《は》る。

そして食事時には、ママもリラックスして、ワインを飲む。

「こうしてゆっくり美桜里《みおり》と食事が取れるのも、あの人と別れたおかげかな。まんざら、悪いことばかりじゃないね」

パパがいた頃《ころ》のママは、めいっぱい働いていた。夕飯の支度《したく》ができない日は、パパがスーパーでお総菜《そうざい》を買ってくる。

そのことで、ケンカになったこともある。

魚くらい焼けないの、とか、ママが言ったのがきっかけ。

なぜだか家族中が、誰《だれ》かに追い回されていたような毎日だった。

「あたしもそう思う。なんか、落ち着く時間がある」

「毎日は、キツいけどね」

「あたしも、たまにでいいよ」

ママのこういうポジティブなところを、パパも見習えばいいのに。

まあ、あたしもえらそうには言えないか。このへんはパパと似《に》ている。

「今日のパパだけど」

報告《ほうこく》だけはしておこう。

「うん？」

「ずいぶん弱ってた」

「弱ってた？」

「いろいろと話をしていても、すぐに後ろ向きになる」

「自分を責《せ》めてるってこと？」

「そう、そんな感じ。ママが計画してるデモを、見にきてほしいって言っても、ストーカーと間違《まちが》われて訴《うった》えられるとか」

「まさか。訴《うった》えないよ」

「そうだ。ママは知ってた？　パパが暗闇《くらやみ》が怖《こわ》くて、映画館《えいがかん》がきらいだってこと」

ママは知らないと首をふる。

「知らなかったんだ」

「映画《えいが》はいつも、DVD《ディブイディ》を借りて部屋で観てた。そういえば寝室《しんしつ》、真っ暗にするの、いやがったな」

「ちっちゃい電気、つけてたの？」

「うん。なにかあったのかな。子どもの頃《ころ》に……」

「なにかって？」

「それは憶測《おくそく》でする話じゃないけど」

ママの顔が、ちょっとだけ仕事モードになる。

「そういえば、あの人の子どもの頃《ころ》の写真って、笑ってるの見たことないな」

あたしなんか、見せてもらったこともない。

パパの田舎《いなか》は、電車とバスを乗り継《つ》いで半日かかるけど、いつも翌日《よくじつ》すぐに帰ってくる。実家にいても、あまり落ち着かないみたいで……そうだ、自分の両親なのに、家に帰る前にはいつも、「もういいですかね」ってパパは言ってた。

今思うとおかしなあいさつだ。

「ねえ、ママはパパのどこが好きだったの？」

二人のなれそめって、今まで謎《なぞ》だった。

「そうね、ママが大学生のときに知り合ったの。テレビ局でアルバイトをしたとき、あの人はＡＤ《エーディ》だった」

「ＡＤってなに？」

「アシスタントディレクター。番組の準備《じゅんび》や進行をする仕事。どちらかというと頼《たよ》りなくて、よく怒《おこ》られてた。二年目には、ママの方が主導権《しゅどうけん》をにぎってたかも。よくケンカした。だって、準備《じゅんび》してなきゃいけないものがなかったり。例えば、ゲストの方が持ってきたポスターをどこかへやっちゃって。今なら画像を全部、コンピュータに放り込《こ》んどきゃいいんだけど、まだアナログの時代だったし」

「ママの方がしっかりしてたって、そのままだね」

なんか思いっきり想像《そうぞう》できる。

「あの人のそんなところが、かわいく見えたのかも」

「そういうものなんだ」

「人ってね、自分にないものを求めちゃうから」

「じゃあパパは、ママになにを求めたの？」

「なんだろ？　よく、しっかりして頼《たの》もしいって言われた」

「ふうーん。その関係性《かんけいせい》って、イーブンだったのかな？」

あたしは、トムのことを思いだしていた。

「イーブンじゃなかったかもね。だからうまくいかなかったのかも」

「やり直すのは、無理なのかな？」

するとママは苦い薬を飲むように、顔をしかめてワインを口に含《ふく》んだ。

「DV《ディブイ》被害《ひがい》にあった女性《じょせい》が、逃《に》げ込《こ》んでくるシェルターがあるの。そのうちの二割《わり》は、また元に戻《もど》ってる」

「それはいいことなの？」

「わからない。その人の人生の、最後の一ページだけは、誰《だれ》にもわかんない。最後の一ページはどこにもない。その一ページを見るためにみんながんばってるのが、人生なのかも。昔話みたいに、そうしてみんな仲良く暮《く》らしました、かどうかなんて、誰《だれ》にもわからない。わかってるのは、人は誰《だれ》の人生も背負《せお》えないってこと。だからこそ、ママはせめて支《ささ》える人になりたいの。だからママは、がんばる」

「じゃあ、うちは？　パパとママと、そしてあたしは？　もうやり直しは無理なのかな」

「そうだなぁ。前と同じというのは無理だと思う。やり直すとしたら、お互《たが》いに変わらなきゃいけない。前に進むってそういうことでしょ。イジメも同じでしょ。反省しました。はい握手《あくしゅ》して。これで解決《かいけつ》しました。そんなの今どき、小学生でも信じない」

ママはぼんやり、空き巣泥棒《どろぼう》にわられた窓《まど》の方を見る。

あたしたちは小学生じゃないし、前に進むことを知っている。

パパだって、努力してる。

ママも、今の計画をやり遂《と》げることで、なにかを変えていこうとしている。

じゃあ、あたしはなにを変える？

このまま、心地よい時間と空間に身をゆだねていていいのだろうか？

あたしもママと同じ窓《まど》を見る。

そして思った。

窓《まど》は開くためにある、と。


部屋に戻《もど》ると、トムからラインがきてた。

〈十三日の夕方〉とだけ。


駅前の広場は、小雨ではあったけど、かさをさすほどではなかった。

駅へ向かうスーツ姿《すがた》は、男も女も顔に疲労感《ひろうかん》が浮《う》かんでいた。

元気なのは学校帰りの高校生で、これから塾《じゅく》へ向かうのだろう。バスから降《お》りて、駅の改札口へ吸《す》い込《こ》まれる制服《せいふく》の群《む》れもある。

周囲のビルもアスファルトも、ぬれて黒く光る。

噴水《ふんすい》のあたりはすっかり、夕暮《ゆうぐ》れの気配がただよってきた。

ママは六人ほどのスタッフと打ち合わせをしている。

メインの立ち位置にマイクをセットしたり、アンプやスピーカーを調整するのも、ママの仲間たちだ。

人が集まってくると、なんでもいいのでメッセージをお願いします、とスタッフがテントの中へ案内する。

発電機の音が、夜店を連想させた。もちろん屋台はない。

ママが話していたように、集まってくる人はみんな、ふわふわモフモフのアクセサリーを身につけていた。

時間がたつにつれ、続々《ぞくぞく》と人が集まってくる。

声高に話す人はなく、誰《だれ》もがひっそりとまつ。

テレビ局のカメラもあった。パパの会社かな？

思わずパパの姿《すがた》を探《さが》すけど、どこにもいない。やっぱりママに遠慮《えんりょ》しちゃったのか。

ママはあたしの姿《すがた》をわかってるかな。

「美桜里《みおり》ちゃん」

声をかけられビクッとした。

吉村《よしむら》先生が、ほほ笑みながらそばにきた。

「きてくれたのね。ありがとう」

「はい」

「無理しなくていいからね」

「えっ？」

「とても残酷《ざんこく》な話もあるから。いやな気分になったら、帰っていいからね」

「わかりました」

「じゃあ」

吉村《よしむら》先生はそのまま、マイクがセットされた場所まで歩いた。

だんだんと雨脚《あまあし》が強くなって、あたしはかさをさした。

ブンとアンプが鳴って、マイクのスイッチが入った。

「こんばんは」

吉村《よしむら》先生のやわらかな声だ。

「まだ時間がありますが、いくつかお願いがあります。まず、今日はメディアの方が入っています。テレビや新聞です。顔を映《うつ》されたくない人は、私《わたし》から向かって右側に、皆《みな》さんからは左側に移動《いどう》してください。そして、映《うつ》っても大丈夫《だいじょうぶ》だよという人は、私《わたし》から向かって左側に移動《いどう》をお願いします。

それから今日はマイクを持って、自由にしゃべってもらいます。つらい体験もあります。気分が悪くなったり、フラッシュバックの症状《しょうじょう》が起きた方は、スタッフがおりますので、手を上げて合図してください。周囲の方も、気にとめてあげてください。

それから、私《わたし》もしゃべっていいよ、っていう人は、ピンクのトレーナーを着たスタッフまで申し出てください。

そしてメディアの方。ここでマイクを持って話してくれる人については、一人一人、撮《さつ》影《えい》OK《オーケイ》かNG《エヌジー》かを、こちらから指《し》示《じ》させていただきますので、ご了承《りょうしょう》ください。

デモが行われる時間はこのあと六時から七時半までです。もうしばらくおまちください」

吉村《よしむら》先生は、台本も持たずに、すらすら話す。そしてマイクをスタッフに預《あず》けると、ママたちのグループに加わった。

六時。

魔法《まほう》のように雨が上がった。

それでも重い灰色《はいいろ》の空は、ここに集まった人たちの、心の内を現《あらわ》しているようだ。

「こんばんは！　今日は集まってくれて、ありがとう！」

ママのこんなに力強い声を聞いたのは、はじめてだ。

始まりのあいさつだけど、台はなく、みんなと同じ高さにママは立つ。

木の上にセットした照明が、ママが立つ場所だけを、明るくてらし出す。

ママは緊張《きんちょう》しているふうでもなく、声を張《は》って滑舌《かつぜつ》よく話す。

「今夜は、このあと、勇気ある方々《かたがた》が、自分たちの体験を話してくれます。この街では、はじめての試みですが、たくさんの方が集まってくれて、背中《せなか》をおされると同時に、がんばらなきゃと、責任《せきにん》も感じています。

まずは、ご紹介《しょうかい》します。東京からかけつけてくれました、ジャーナリストで、大学の講《こう》師《し》もされています、吉村聡子《よしむらさとこ》先生です」

一斉《いっせい》に力強い拍手《はくしゅ》がわき起こった。カリスマ的な存在《そんざい》なのだろう。

拍手《はくしゅ》の大きさに驚《おどろ》いてふり向くと、大きくはない広場だけど人がいっぱいで、百人くらいの人数にふくれあがっていた。

これだけでも、もう成功だと、あたしはママの苦労を思ってうれしくなった。

「今夜、この街は、フェミニズム元年を迎《むか》えます。今、現在《げんざい》、この時間に、全国二十の都市で、こうして集会が行われています。東京や大阪《おおさか》、福岡《ふくおか》といった大都市から、今皆《みな》さんがいる、大きくはないこの街でも、思いはつながっています。

まず勘違《かんちが》いしてほしくないのですが、今日、この集まりは、男性《だんせい》を非難《ひなん》したり、敵対《てきたい》関係をあおるものではありません。この会場にも、二割《わり》ほどは、男性《だんせい》の姿《すがた》があります。

いうなれば、むしろその反対です。

女性《じょせい》と男性《だんせい》とがどうすればお互《たが》いの性《せい》を理解《りかい》し合えるのか。一緒《いっしょ》に考え、探《さぐ》るために、この時間をすごしたいと思います。

このあと、傷《きず》ついた皆《みな》さんの声を聞いて、どうすればいいのか。なにが必要なのか、なにができるのか、それぞれの心の中で、考えてください。そして私《わたし》たちの次の世代へ向け、あなたたちは大丈夫《だいじょうぶ》だよと、声を残していきたいのです。

そして傷《きず》ついた人たちには、一人じゃないから、みんながついているからと、勇気と希望を持ってもらいたいのです。

私《わたし》の話はこれくらいにして、切実な声を、皆《みな》さんと一緒《いっしょ》に、きちんと受け止めたいと思います」

吉村《よしむら》先生のあいさつが終わると、ママがマイクを持った。

「それでは、最初に話してくれるのは、彼女《かのじょ》です。撮影《さつえい》は……ん？　どうする？」

ママが話しかけるその先には、スタッフに付きそわれた女性《じょせい》がいた。

「……いいの？　本当に？　大丈夫《だいじょうぶ》？」

ママは何度も確認《かくにん》する。

「うん、わかった。撮影《さつえい》オッケーです」

女性《じょせい》が人混《ひとご》みの中から現《あらわ》れマイクの前に立った。二十代の、どこにでもいそうな女性《じょせい》だ。

ママがそばで見守る。

マイクを持ったものの、言葉が出ない。

バス停からドアの開く音がする。終点ですと、アナウンスの声。

ぬれたアスファルトに降《お》り立つ人の姿《すがた》。雨が降《ふ》っていないか確《たし》かめる手のひら。ぬれた靴音《くつおと》が、近づいては通りすぎる。

ぽつぽつと、足を止め、なにが始まるのか確《たし》かめようとする人もいる。

「あの……私《わたし》は……」

そうして、また声が止まる。

どぎまぎしているのが、あたしにも伝わる。

「私《わたし》たちがついてるから」

女性《じょせい》の声が飛んだ。

「がんばって」

悲鳴にも聞こえた。

女性《じょせい》がこくんと、自分を励《はげ》ますようにうなずいた。

「私《わたし》は……レイプされました」

絞《しぼ》り出すように言葉を発した。

突然《とつぜん》せきを切ったように、彼女《かのじょ》の瞳《ひとみ》から涙《なみだ》がこぼれた。

ママが彼女《かのじょ》の震《ふる》える肩《かた》をだいた。

「やめてもいいよ」

彼女《かのじょ》は左右に首をふる。

しばらく、音もなく、あたりは静まりかえった。

あたしたちがいるこの場所だけ、闇《やみ》が深くなる。

五分はたったと思う。

やっと彼女《かのじょ》は涙《なみだ》を止め、

「あの日、高校生だった私《わたし》は」

と、その日あったことを話し始めた。

具体的な怒《いか》りと、七年たっても消えない苦しみと、果てしない後悔《こうかい》が語られる。

死んだ方がよかった。

なぜ相手の意のままになってしまったのか。

彼女《かのじょ》は恋愛《れんあい》も結婚《けっこん》も、家庭を持つこともあきらめ、今は精神科《せいしんか》に通いながら、ママのカウンセリングを受けている。

日常《にちじょう》生活もままならない。当然働くこともできない。

自死を試みたこともある。

「なんとか明日に、命をすべり込《こ》ませるだけの毎日です」

と、彼女《かのじょ》は言った。

なぜ私《わたし》だったのか、私《わたし》がなにをしたのだという、答えの出ない問いかけが、ずっと彼女《かのじょ》の頭の中で回り続ける。

そして、くすぶり続けるのは女性《じょせい》として生まれてきたという、どうにもならない事実だ。

ショッキングな話でスタートしたおかげで、次々《つぎつぎ》とみんなの声が上がった。

危害《きがい》を加える者は、親であったり、教師《きょうし》であったり、知らない誰《だれ》かであったりする。

ひとつの共通点は、それは人間であり、男性《だんせい》であるということだ。

今までは、声を上げることさえ恥《は》ずかしいことだと刷り込《こ》まれてきた。我慢《がまん》を強いられてきた。忘れるしかないと思い込《こ》まされてきた。

ママはマイクを持つすべての女性《じょせい》に気を配り、励《はげ》ましたり、だきとめたりしながら、かたわらに立ち続ける。

見ているだけで、あたしにはわかった。

ママがどれだけ多くの人から、頼《たよ》りにされているか、慕《した》われているのか。

ここでこうして、見ているだけでもつらいのに、よくがんばったねと、ママは小さくほほ笑んで、真綿《まわた》で包《つつ》む。

ママは彼女《かのじょ》たちにとって、心の安全地帯なのだろう。

話の内容《ないよう》はさまざまだ。

痴漢《ちかん》に遭《あ》った人。暴言《ぼうげん》を吐《は》かれた人、駅で無言のままけりつけられた人。そしてDV《ディブイ》も。

日本女性《じょせい》の人権《じんけん》は、世界ランキングで百二十一位だと聞いて驚《おどろ》いた。

そしてあたしは、気がついた。ママがきてほしいと言った理由が。

正直、娘には聞かせたくない話だと思う。

でも、知っておかなくてはいけない。でないと、今のゆがんだ社会が、あたりまえの社会になってしまう。

高校生の女性《じょせい》が、前に立った。

「私《わたし》は受験生です。自分で言うのも変ですが、成績《せいせき》はいいです。でも、自分がなんのために勉強しているのかがわからず、悩《なや》んでいました。こうして皆《みな》さんの話を聞いて、今日わかりました。大学へ行って勉強して、私《わたし》は行政《ぎょうせい》の側から変えていこうと思います。だから皆《みな》さん、がんばってください。あきらめないでください。まっていてください。今日はきてよかったです」

短いスピーチだったけど、あたしの心にゆっくりと染《し》み込《こ》んでくる声だった。

あたしもきてよかった。

「あなたのような若《わか》い声が上がると、私《わたし》たちもとても勇気づけられます」

ママが、今日はじめてうれしそうに笑顔を見せた。

さっきからの緊張感《きんちょうかん》から、わずかだが解放《かいほう》される。

「ほかに、もういませんか？　もう一人くらいは大丈夫《だいじょうぶ》です。男性《だんせい》でも、もちろん構《かま》いませんよ」

そのとき、手を上げながら前方に移動《いどう》する人の姿《すがた》が見えた。

その姿《すがた》を、あたしはどんなに暗い場所でも見分けられる自信がある。

「あの、ぼくでもいいですか？」

「もちろん」

ママがパパに答えた。

ママは表情《ひょうじょう》を変えないで、マイクをパパに手渡《てわた》した。

「ぼくは……」

パパとママが並《なら》んで立っている。

あたしの心の中で、不安と喜びが交錯《こうさく》した。

「ぼくはＤＶ《ディブイ》で、大切な妻《つま》と別れて暮《く》らしています。ああ、もう今では、妻《つま》とは呼《よ》べませんが。それから、最愛の娘《むすめ》とも、自由に会うことが許《ゆる》されていません。それは、なんというか、つらいです。後悔《こうかい》していますし、できるならもう一度と、願わない日はありません。自分がどうしてすぐに怒《おこ》るのか。物を投げつけて、恐怖《きょうふ》を与《あた》えてしまったのか、ずっと考えていました。

そしてついこの前、娘《むすめ》からその答えを教えてもらいました。

パパは自分がないみたいと、そう言われました。

そして気がつきました。

子どもの頃《ころ》、親から虐待《ぎゃくたい》を受けていました。機嫌《きげん》が悪いとなぐられ、倉庫に閉《と》じ込《こ》められました。そのせいか大人になった今も、暗い場所が苦手です。

それだけではなくて、自分の気持ちを言葉で表現《ひょうげん》することがとても苦手で、いつも言い返す言葉が見つからないまま、ストレスをため込《こ》んでいました。

そのイライラが、結局暴力《ぼうりょく》や暴言《ぼうげん》になってしまっていたのだと思います。もちろんなんでも虐待《ぎゃくたい》のせいにするつもりはありません。ただここで、ぼくが言いたかったのは、この年齢《ねんれい》になっても、まだ自分のことが、よくわかっていなかったということです。

この気づきを、自分のこれからの人生に生かせたらいいと、そう思っています」

パパが話し終えると、拍手《はくしゅ》と共に「がんばってください」と、女性《じょせい》の声が飛んだ。

パパはマイクを渡《わた》す前に、ママにひとこと言った。

「もしよければ、なにかひとつ、アドバイスを頂《いただ》けませんか？」

ほんの一瞬《いっしゅん》だけど、パパとママが、目と目で会話した気がする。

ママがマイクを受け取る。

あたしはなにか、特別な言葉を期待した。

「そうね……ひとつアドバイスするとしたら、例えばですが、あなたが娘《むすめ》さんとおそろいのT《ティー》シャツを買ったときには、別れた奥《おく》さんのぶんも、買って持たせるべきです。もちろんおそろいの。そうでないと、あなたの気持ちは伝わらないと思いますよ。これで、よろしいですか？」

「今度から、そうします」

あたしはパパに向かってかけ出していた。

いろんな人にぶつかりながら、あたしはパパにだきついた。

9　さよならキッチンカー

貴夫《たかお》ちゃんにもナイショって、どういうことだろう？

今日はお店の仕込《しこ》みもなく、あたしはおばあちゃんちから自転車で、ラインで指定されたコンビニエンスストアに行った。

時間通りにトムがくる。

車の免許証《めんきょしょう》は持ってないから、トムも自転車だ。

「行こうか」

あたしを見つけると、すぐさまトムは言った。

「ねえ、どこ行くの？」

あたしは自転車にまたがったまま、ブレーキをぐっとにぎった。

「どこ？　えっと、美桜里《みおり》の家に入った空き巣をつかまえに行く」

トンボでもつかまえるようにトムは空を見た。梅雨明けを思わせるような太陽が、ぎらついていた。

「空き巣って……わかったの？」

「うん、たぶん……なんだけど。今からそいつの住んでるアパートに行く。おれが呼《よ》び出すから、美桜里《みおり》は隠《かく》れて、そいつが犯人《はんにん》かどうか、確《たし》かめてほしい」

「それなら、貴夫《たかお》ちゃんも呼《よ》んだ方が」

「だめだ」

トムが断言《だんげん》する。

「どうして？」

「これ以上貴夫《たかお》ちゃんに、迷惑《めいわく》はかけらんねえ」

「迷惑《めいわく》って、どういうこと？」

「そのうちわかる。さあ、行こう」

あたしは首を横にふった。

「なに？　おれが信用できない？」

「そうじゃない。トムのことは信用してる。あたしをだましたり、傷《きず》つけたりしない。でも、こんなの、イーブンじゃない。あたしの情報《じょうほう》が少なすぎるから、これじゃ決められない」

あたしは、これできらわれてもいいと思った。

「そう。じゃあ話すけど。もしかしたらそいつ、おれの母親かもしれない。前におれが、万引きとか空き巣とか、させられてたって話をしただろ。美桜里《みおり》の話を聞いてピンときた。悲しいけどさ」

「だとしたら、なおさら貴夫《たかお》ちゃんに相談して」

「その反対だよ。もう、貴夫《たかお》ちゃんに頼《たよ》らなくても、自分の力でなんとか解決《かいけつ》しなきゃ。あいつとは、おれが話をつける」

「トムは、お母さんの居場所《いばしょ》はわかってたんだ」

「ああ、話してなかったけど、少し前に、金をせびりに現《あらわ》れた。祭りで偶然《ぐうぜん》おれを見つけたらしい。そのとき無理やり聞かされた」

「それで、大丈夫《だいじょうぶ》だったの？　お金……」

「金はやらなかった。その代わり、ジャンパーを渡《わた》した。本当におれのことを自分の子どもだと思うなら、もう現《あらわ》れないでくれ。これをおれだと思って持ってけって、ジャンパーを渡《わた》した。ところが、今度は、妹にも連絡《れんらく》を取ろうとしてるのがわかって、この前、妹が相談にきてた。三人でぬすみをしてたときも、妹だけは巻《ま》き込《こ》まなかったのに」

「タクシーに乗っていった女の子？」

「うん」

彼女《かのじょ》でなかったことに、あたしは少しだけほっとした。そして老人ホームでクソ女と吐《は》き捨《す》てた、トムの怒《いか》りの意味が理解《りかい》できた。

「妹は今、ある家庭で、里子として育ててもらってる。うまくいってるみたいだし。だからなおさら、おれが入っていけるわけでもないし。怖《こわ》がらずに家の人に、全部打ち明けて相談したらいいって。そう言って帰した」

あたしと同じくらいの年齢《ねんれい》なのに、不安や恐怖《きょうふ》の中で、必死で生きている子もいるのだ。

「これくらいでいいかな？　情報《じょうほう》公開は」

「わかった。ありがとう」

「今日はじめて笑ったな」

「そっかな」

「深刻《しんこく》なことには、ならないから」

「うん」

トムの笑顔に、あたしの心が軽くなる。

ブレーキから手をはなしペダルを踏《ふ》んだ。

あたしは気づかなかった。

それはトムが、気休めに放った言葉だと。


そこは比較的《ひかくてき》古い建物が並《なら》ぶ地域《ちいき》だった。

道路にそって、えぐり取ったように、狭《せま》くて深い川が流れる。

橋を渡《わた》ると、アパートが見えてきた。

駐車場《ちゅうしゃじょう》なのか、空き地なのかよくわからない場所に、二人で自転車をとめた。

少し歩くとトムが電柱を指さした。

「そこから見てて」

あたしは声を出すのも忘《わす》れてうなずいた。

アパートまでは十五メートルくらい距離《きょり》がある。

二階建ての木造《もくぞう》アパートは、玄関《げんかん》が五つ並《なら》ぶ。

人が住んでいる気配はほとんどなく、張《は》りつけた板はところどころめくれて、黒ずんでいる。もともとはうすい水色だったのかもしれない。

トムが向かった先のドアには、壊《こわ》れたビニールがさが、金属《きんぞく》の骨《ほね》をだらりと垂《た》らして揺《ゆ》れていた。

そうだ。肝心《かんじん》なことを聞いてなかった。

もしトムの母親が、空き巣に入った犯人《はんにん》だとすれば、そのあとどうするつもりだろう。

トムが母親をなぐる姿《すがた》が、脳裏《のうり》をかすめた。

もしそうなれば、あたしじゃ止められない。

やはり貴夫《たかお》ちゃんを呼《よ》ぶべきだったと、いまさら後悔《こうかい》した。

ドアの前にトムは立つと、チャイムをおした。

鳴っていないのか、誰《だれ》も出てこない。

トムがドアをにらみつけ、たたき始めた。

ドンドン、ドンドン、ドンドン、ドンドン！

怒《いか》りの行進曲みたいだ。

「うるさいだろう！」

ドアが開いたのと、怒鳴《どな》り声が響《ひび》いたのは同時だった。

女の人が出てきた。

いや、正直トムから母親に会いに行くと聞かされていなければ、男女の区別はすぐにはつかなかった。

「なんだおまえか。気が変わって、お金を持ってきてくれたのか?」

なにがおかしいのか、女はへらへら笑っている。

「まあ、ちょっと、外へ出て話そうよ。部屋ン中、空気悪そうだし。タバコ、おれきらいだし。昼間っから、酒飲むなよ」

「大きなお世話だ」

けげんそうに女は外を気にする。

トムはその人を部屋の外に引っぱり出し、あたしがいる方に背中《せなか》を向けさせせようとする。

しかし、その必要はなかった。

ここからひと目見ただけで、あたしはその人が、ジャンパーの人だと思った。

胸《むね》が痛《いた》くなった。

トムの母親がその人なのだ。

お金はないとトムが告げると、「じゃあなにしにきたんだ。この役立たず」と悪態《あくたい》をついた。

「あのさ、あんたが妹の住所を探《さぐ》ってるって聞いたんでね。いいか、あの子は、もうあんたの子じゃないから。おかしなことをするのはやめろ」

「どこにいるのさ」

「知らねえ。とにかく、それ、言いにきた」

「ふざけんな。クソおもしろくもない」

女はまた部屋に入った。


トムが、あたしに向かって歩いてくる。

「あの、トム、ごめん」

なぜだかあたしは謝《あやま》っていた。

トムは表情《ひょうじょう》を変えず、首をわずかにかしげる。

「やっぱり。そうだったか。しかたね」

「ねえトム、あとは警察《けいさつ》にまかせようよ」

「それはそうだけど。最後にチャンスが欲《ほ》しい」

「チャンスって、なに？」

「自首するように、説得してみる。憎《にく》んでいても、母親だし」

「でも……」

あたしはいやな予感がしてた。もう引き返した方がいいって、どこかで警鐘《けいしょう》が鳴ってい
た。なのに、「トムにまかせる」って、あたしは言ってしまった。

「ありがとう」

トムが言う。

顔は笑ったけど、目は笑ってなかった。

トムがもう一度ドアをたたいた。

また女が出てくる。

「なんだよまったく。もうわかったよ。あの子は探《さが》さない。それでいいんだろ」

「おれから持ってったジャンパー、返してよ」

「ジャンパー、ああ、あのカレー屋の。やだね。私《わたし》から物取ろうなんて、十年早いよ。いいか、おまえのせいで、私《わたし》の人生、どんだけ狂《くる》わされたか、わかってんのか」

「おれのせいじゃない。あんたの人生は、あんたの責任《せきにん》だよ」

「知った口きくんじゃねーよ！」

突然《とつぜん》の怒声《どせい》。

強い声が、街中にほえるように響《ひび》く。

トムがなにをしたっていうの。

「おまえがあの男になついてくれてたら、警察《けいさつ》なんかにたれ込《こ》まなきゃ、私《わたし》は今頃《いまごろ》こんなところで、こんな暮《く》らししてなかったんだよ。全部、おまえを産んだせいさ」

ひどい。他人のあたしでも聞いてるだけで胸《むね》が悪くなる。

でもトムは冷静だった。

なれているのか、あきらめているのか、女の怒《いか》りが静まるまでまった。

「わかった。その話は、もう聞き飽《あ》きたから。それより。ジャンパー返した方がいいよ。証拠《しょうこ》になるから」

女の表情《ひょうじょう》が険《けわ》しくなった。

「空き巣ドロ。まだやってたんだ。警察《けいさつ》が、聞きにきてた。今はさ、街のあちこちに防犯《ぼうはん》カメラがあるんだから。バカじゃねーの。おれはまだしゃべってないから、早く自首してくれないかな」

女がだまったまま後ろをかえりみた。

そこに人の気配を感じた。

「あー、ごめん。起こしちゃった」

ぬうっと、男の顔が現《あらわ》れた。

住んでるの、一人じゃなかったんだ。

「うっせーな。おい、なんだよガキ。なにギャンギャンほえてんだ」

ひげづらの大男だ。

「なんか知らないけど、あたしが持ってるジャンパーを、おれのだから返せって言うのさ。それと私《わたし》を、空き巣泥棒《どろぼう》あつかいしてんだ」

「カレーのジャンパーか。めんどくせーガキだなあ」

男は意外にもすっと部屋に戻《もど》ると、ジャンパーを持って外へ出てきた。

けどすぐには渡《わた》さない。

「でっ、なんだよおまえは。今流行の、半グレってヤツか」

男の口調は、あきらかに威嚇《いかく》している。

「おれは」

トムは、息子だと名乗るのをちゅうちょして、口ごもる。

あたしは心の中で叫《さけ》んだ。

もうやめて、戻《もど》ってきて。

いくらお母さんだからって、そんな人たちと関わっても意味ないよ。

トムのやさしさが通用するような人じゃないって。

守らなきゃいけない妹さんだっているんだよ。

いちばん大事なのは、キッチンカーだよ。

「聞こえねー。おい。おれは、なんなんだよ。答えろ」

男がにやける。

トムがくいっと顔を上げた。

「おれはおれだよ。この世にたった一人しかいねえ、おれだよ」

「なに言ってんだ、おまえ？」

「ともかく、そのジャンパーは返してくれ」

「ふーん。ジャンパーね。ほら、欲《ほ》しけりゃ持ってけ」

男は無表情《むひょうじょう》で、ジャンパーを投げつけた。

ジャンパーは、トムの脇《わき》を抜《ぬ》けて、通路に落ちた。

男に背中《せなか》を向け、トムがジャンパーを拾おうとする。

そのとき男の右手に光るモノが見えた。

ナイフ……。

叫《さけ》ぼうとしたけど声が出ない。

トムが気配を感じてふり返ったのと、男が飛びかかったのと同時だった。

トムが腕《うで》をおさえて倒《たお》れ込《こ》んだ。

「なにも、刺《さ》すことないだろ」

女が慌《あわ》てる。

「これくらいしないと、わからねえ」

「けど、あんた」

女は言うだけで、トムを見下ろす目は冷ややかだ。

「いいか、警察《けいさつ》によけいなこと言うんじゃねーぞ。それから、二度とくるんじゃねえ」

吐《は》き捨《す》てるように言うと、男は女と部屋に消えた。

かけ寄《よ》ると、トムの左腕《ひだりうで》からジワジワと血が流れ出ていた。

「くそぅ」

トムが傷口《きずぐち》をおさえる。

「トム、どうしよう」

「電話して。119。ここは溝《みぞ》川町三丁目三の……」

震《ふる》える指で、あたしはスマホを操作《そうさ》する。

「警察《けいさつ》もだ」

トムはうめくように言う。

「いいの？」

「早くしろよ。どうせ病院から通報《つうほう》される。いやならおれが」

心臓《しんぞう》がしめつけられる。

「わかった。あたしがする」

自分の母親をつかまえるために警察《けいさつ》を呼《よ》ぶなんて、させられない。

これ以上、トムの心に傷《きず》をつけたくない。

あたしは電話した。でもそれから、どうしていいかわからない。さっきの男が出てこないか、びくびくしていると、

「止血くらいできるだろ」

トムが、奪《うば》い返したジャンパーを膝《ひざ》に置く。

持っていたハンカチで、トムの腕《うで》をしばる。

それでもポタポタと、赤い血がトムが持つ白いジャンパーに落ちた。

「おれも甘《あま》いな」

母親のことを言ってるんだろうけど、あたしは答えられなかった。

あたしは、ただ悲しくて、ぼたぼた涙《なみだ》がこぼれた。

「汚《よご》しちまったな。貴夫ちゃんにもらった大事なジャンパーなのに」

トムがジャンパーを見て言った。

いろんな悲しい記憶《きおく》が一気におし寄《よ》せてきたんだろう。

トムも泣いた。

「大丈夫《だいじょうぶ》だよ、トム。洗《あら》えばきれいになる」

「そうかなぁ。きれいになるかな」

「うん。絶対《ぜったい》にきれいになる」

「だったらいいけど」

「あたしが絶対《ぜったい》に、きれいにする」

「美桜里《みおり》にできるかなぁ」

「できるよ」

重ねたあたしの手の甲《こう》も、トムの血で染《そ》まっていた。

遠くで、救急車のサイレンが聞こえた。

あたしはトムの手を懸命《けんめい》にさすった。つめたくてまた涙《なみだ》が込《こ》み上げてきた。


市民病院の病室には、あたしとトムと貴夫《たかお》ちゃん、そしてママがいた。

トムはもちろんベッドの上だ。とりあえず今夜は病院泊《ど》まり。

「あいつはさ、二人目の男におれがなつかなくて、そのせいで自分が不幸になったと思い込《こ》んでるんだ。そう思わなきゃ、生きていけなかったのかもしれない。

そりゃ男が、貴夫《たかお》ちゃんみたいな人だったら、おれもなついたかもしれないけど、まともなヤツじゃなかった。あいつなりにはがんばって生きてたんだろうけど、最後まで変われなかったってこと。

さっきの男は、おれは知らないけど、たぶん誰《だれ》かがそばにいないと、あいつはだめなんだろう。そのために、泥棒《どろぼう》したりして、金を貢《みつ》いで。

捨《す》てられたときのつらさや怖《こわ》さはおれもわかるから。それでも、どんな形でもいいから、まっとうに生きてほしかった。そう考えただけ無駄《むだ》だったのかも」

「そんなことないよ」

そう言ったのは、ママだった。

「トム君は、息子として、人として、立派《りっぱ》なことをしたんだよ。結果は残念だけど。それは、彼女《かのじょ》の問題だから、いつかトム君のやさしさに気がつくかもしれない。今のトム君には、どうしようもないよ。だからこれからは、自分の人生を生きることに、集中したらいいと思うよ」

するとトムは、子どもみたいに、ひくひく肩《かた》を揺《ゆ》らして泣き出した。

「大丈夫《だいじょうぶ》よ。しっかりして」

「はい。ありがとうございます。女の人から、こんなにやさしい言葉をかけてもらったの、久《ひさ》しぶりだから」

「そっかぁ。美桜里《みおり》はやさしくないか。うちでもキツいからなぁ」

ママがおどけると、病室が一気に明るくなる。

「ママ、なに言ってんのよ。そんなことないから」

あたしは慌《あわ》てて否定《ひてい》する。

「とにかく早くケガを治してくれ。大事な相棒《あいぼう》だからな」

貴夫《たかお》ちゃんがトムを見た。

「すいません。おれ、こんなことになるとは思ってなくて。これ以上うちのことで、貴夫《たかお》ちゃんに迷惑《めいわく》かけたくなくて」

「気にしなくていいさ。おまえは、今自分ができる、精一杯《せいいっぱい》のことをしただけ。ただそれだけのこと」

そうだ。いいこと考えた。

「代わりにあたしががんばります。トムの代わりにはなれないかもしれないけど」

あたしが言ったとたん、貴夫《たかお》ちゃんは喜ぶどころか、しかめっつらになった。

「そろそろ、わかってほしいんだけどな。お嬢《じょう》さん」

「えっ？」

「おれは、未成年の女の子なんて、危《あぶ》なっかしくて、そばに置きたくなかった。でもトムが、どうしてもって言うから、誘《さそ》ったんだ。焼き肉屋で会ったとき、自分と似《に》てるってトムが言うし。次の日には、やっぱりほっとけないって。しばらく見守ってあげたいって。それで、うちで働くように誘《さそ》ったのさ」

そうだったんだ。

トムは視線《しせん》を壁《かべ》にあてたまま、だまっていた。

「だからさ、そろそろ気がついてほしい。居心地《いごこち》は、そりゃいいかもしれんが、キッチンカーは今のあんたが居続《いつづ》ける場所じゃない。

居心地がいいから、自分が成長できるわけじゃない。そりゃうちだって、ずいぶんと助かったし、楽しかった。しかし、ここまでだ。わかってくれるかな？」

それは、わかる。

あたしはコクリとうなずく。

「もちろん、それでもいつか、美桜里《みおり》ちゃんがキッチンカーをやりたいって言うなら、話は別だけど。でも、それは今じゃない」

「あたしは……」

あたしにもそれは、うすうすわかってた。

ただ、ふんぎりがつかなかっただけ。

だって、トムと会えなくなってしまうから。

トムを見ると、笑ってた。

「おまえがナニモノになるか決めるのは、まだ早すぎるって、貴夫《たかお》ちゃんはそう言ってんの。心配しなくても、おれもキッチンカーも、消えてなくならないから」

頭の中がじーんとしびれて、どうしてか、涙《なみだ》が出てきた。

「泣くなよ」

「だって……」

「ずるいよ。ここでおまえが泣いたら、イーブンじゃないだろ」

「じゃあ、トムも泣いてよ。だってあたし、だってあたし」

ママがいるのも忘《わす》れて、あたし、トムにしがみついていた。

「痛《いた》いって。腕《うで》が」

トムは言って、笑い出した。

「ああ、わかった。おまえ、おれをパパの代わりにしようと思ってるだろう。おれ、そういうの敏感《びんかん》なんだよ。そうやっていろんな人に甘《あま》えてきたから。そういうことな。ハイハイ、いい子いい子」

トムが頭をなでる。

「そんなことないよ」

反論《はんろん》しながら、自信はなかった。そうなのかもしれない。あたしはただ甘《あま》える相手が欲《ほ》しいだけなのかも。

「美桜里《みおり》、今はともかく、トム君のケガが早く治ることだけ考えよ」

ママがそばにくる。

「わかった」

あたしはトムからはなれて、ママの腕《うで》を取った。

トムが改めてベッドの上で姿勢《しせい》を正した。

「ありがとうございました。おれの人生なんて、どうあがいても、ずっとマイナスだってそう思ってた。けど、貴夫《たかお》ちゃんと出会って、美桜里《みおり》ちゃんやお母さんと出会って、なんかおれの人生、イーブンになった気がする。ここから、始まって、なにかいいことがありそうな気がする」

「よかったね」

と、ママが言った。あたしは涙《なみだ》を止めて笑顔を見せるだけで精一杯《せいいっぱい》だった。

貴夫《たかお》ちゃんに頭を下げて、あたしはママと病室を出た。

エレベーターで降《お》りて、夜間出入り口から外に出る。

広い駐車場《ちゅうしゃじょう》には、もう数台しか車はなく、世界から取り残されたような寂《さび》しさを感じた。

貴夫《たかお》ちゃんのキッチンカーが、本物の迷子《まいご》になったシマウマみたいに、ひっそりとたたずんでいる。

「つらいよね、美桜里《みおり》」

空には半分だけの月が、絵本で見た雪女の顔のように、白く輝《かがや》いていた。

つらいよ。

つらいけど、あたしだけ、立ち止まったままでいるわけにはいかない。

「ねえママ、明日へ命をすべり込《こ》ませるって、大変なことなんだね」

「どうしたの、急に？」

「この前のデモで、女の人が言ってたの、思いだした」

「そっか。美桜里《みおり》の心の中に、なにかひとつでも残ってくれて、ママはうれしい」

ママが突然《とつぜん》ギュッとあたしをだきしめた。

「美桜里《みおり》が私の娘《むすめ》でよかった」

「えっ、どうしたの」

ママが泣いていた。

「みんなね、誰《だれ》もが一緒《いっしょ》に歩いてくれる人が必要なんだよ。ママには、美桜里《みおり》がいてくれてよかった」

ママの言葉を聞いて、いろんな人の顔が、ちりばめられた空の星のように胸《むね》に浮《う》かんだ。

その中で、一段と強く光る星がある。

「ママ……あたし、パパとも一緒《いっしょ》に歩きたい」

「うん。ママも努力する」

家族とは呼《よ》べないかもしれないけど、あたしとママと、そしてパパの、新しい歩みを始められそうな気がした。

「あ、トムだ」

四階のトムの病室のカーテンが開いてた。

貴夫《たかお》ちゃんと並《なら》んで、二人とも手をふってきた。

あたしもブンブンふり返す。

「さあ、帰ろうか、ママ」

「もういいの？」

「うん。きりがないし。明日がまってるから」

「そうだね」

あたしは車に乗る前に、もう一度トムを見た。

そしてつぶやいた。

「ありがとう、トム。さよならキッチンカー。また会いに行くよ」

さっきはあれほど悲しかったのに、今はトムと自由に会えなくなってもだいじょうぶと、自信を持って言える。

シートベルトをしめると、ママがエンジンをかけた。

スマホに風花から、ラインがきていた。

〈ねえねえ、今日もトムと一緒《いっしょ》だったの？〉

〈今別れたとこだよ〉

〈ずるいぞ。で、今日はなにしてた？〉

〈いろいろあって、大変だった〉

〈いろいろって、なに？〉

〈いろいろは、いろいろ〉

〈だからなに？〉

〈しつこいな。明日学校で話すから、まってて〉

作　村上しいこ

三重県生まれ。松阪市ブランド大使。

『かめきちのおまかせ自由研究』（岩崎書店）で第37回日本児童文学者協会新人賞受賞。

『れいぞうこのなつやすみ』（PHP研究所）で第17回ひろすけ童話賞受賞。

『うたうとは小さないのちひろいあげ』（講談社）で第53回野間児童文芸賞受賞。

『こんとんじいちゃんの裏庭』（小学館）で第4回日本児童ペンクラブ少年小説賞受賞。

小説に『死にたい、ですか』（小学館）、
YA作品に『ダッシュ！』（講談社）『夏に泳ぐ緑のクジラ』（小学館）など多数。

イーブン

2020年6月21日　初版第1刷発行

作　村上しいこ

発行者　野村敦司
発行所　株式会社小学館
〒101-8001 東京都千代田区一ツ橋2-3-1
電話　編集03-3230-5416
販売03-5281-3555

印刷所　萩原印刷株式会社
製本所　株式会社若林製本工場

ISBN978-4-09-289301-6

ブックデザイン⊙坂野公一　イラスト (装幀／本文) ⊙まめふく
制作⊙後藤直之　資材⊙斉藤陽子
販売⊙筆谷利佳子　宣伝⊙綾部千恵
編集⊙喜入今日子